緑の我が家

Home, Green Home

角川文庫
23373

目次

第一章　ハイツ・グリーンホーム

1

その路地にさしかかったとたん、ぼくはひどく嫌な気分がした。

どうということもない商店街の一角だった。

一方のビルの一階にはコンビニを兼ねた酒屋、もう一方のビルの一階にはレンタルビデオショップ。ふたつの建物の間に口をあけた細い路地。

あたりには自転車やスクーターが無秩序にとめてあって、両脇の店の前から路地の入り口にまであふれている。道端の看板や不用品や。それらのもののせいで、ぼくはもう少しで路地を見落とすところだった。

路地の奥行きは五十メートルくらいだろうか。薄暗い路地の突き当たりは白い壁の建物で、幅一メートル弱に切り取られた壁面の、いちばん下に緑の扉がひとつだけ見えた。

道の両脇は汚れたビルの壁面だった。五階程度のビルに左右から挟み込まれ、路地はまるで深い峡谷のように見える。

（あれか……）

ぼくは手にしたメモに視線を落とした。

不動産屋にもらったメモだった。それには略図が描いてある。一方通行の商店街、コンビニとビデオ屋の間の細い路地の突き当たり。

——ハイツ・グリーンホーム。

生まれて十六年目、初めて一人暮らしをする場所がそこだった。

ぼくは路地の入り口に立ったまま、実際に建物を見る暇のなかったことを、少しだけ後悔した。

いろんな事情から自分の足で住まいを探すことができず、不動産屋に任せっぱなしだった。その不動産屋じたい、電話帳でいい加減に決めたところだったから、アパートについては、ぜんぜん期待していなかった。とりあえず住めればいい、それ以上のことは望むまい、とぼくは思っていた。

これでどうか、と不動産屋から部屋の図面がファックスされてきて、けっこうマシな建物のようだとは思ったけれども、建物が図面通りでない可能性、肝心の部屋は図面通りでも、周囲の環境がひどい可能性は覚悟していた。

引っ越してみて我慢できなければ、今度こそ自分の足を使って別の場所を探せばいい。そう覚悟して、今日ここに来たのだけれども、それでも、こういう種類の覚悟を、ぼくはしていなかった。

妙に暗くて陰鬱《いんうつ》なムード。

なんだか違う世界の入り口に立ってしまったような(そういえば、『緑の扉』という小説があったっけ)不安でたまらないような感じ。ひどく嫌な気分がした。

——あるいは、予感が。


気を取り直し、旅行カバンを抱え直して、ぼくは足を踏み出す。踏み出したとたん、改めて嫌な気分がした。

なんでこんなに暗いんだ、とぼくは内心、舌打ちをした。

細い路地は三方を高い建物に囲まれ、空は細い亀裂《きれつ》のように見える。しかも路地にせめぎあう壁には、窓というものがひとつも存在しなかった。単調な、薄汚れたコンクリートの壁面が両側にそびえて続き、そのどん詰まりにアパートの玄関。切り立ったような白い壁のいちばん下に、緑の扉がひとつだけ。

アパートの建物の、その他の部分は全く見えない。三階ほどの高さの白い壁、そのどこにもやはり窓は見えなかった。

(……正真正銘の袋小路だ)

ただ一枚の扉のためにだけある道。

この路地はあのアパートにだけ、口を開いている。表通りを歩けば見落とすような細い路地だ。ひょっとしたら、あのアパートの住人以外、この路地の存在を知る者はいないのかもしれなかった。

入り口のあたりに溜《た》まった自転車を避《よ》けながら、ぼくは歩き始める。ビルが身体《からだ》を呑《の》み込み、頭上にさしかかって、ひどい威圧感を与えた。

ふと、ぼくは足を止めた。

わけもなくあたりを見回す。両側にそそり立った、ひび割れたコンクリートの壁面を見上げた。

(どこかで見たことがある)

既視感、というやつだろうか。

こんなふうに無表情な壁に囲まれた、薄暗い洞穴のような路地を、他にも知っているような気がする。気味の悪い思いをしながら、おそるおそる歩いていた、その感覚を覚えているような気がしてならなかった。

足を止めたまま、わずかの間、考えてみたけれど、それがどこで、いつ頃のことだったか、ぼくには思い出せなかった。

ただ、なんだか苦《にが》い、嫌な気分だけが残った。

2

足早に路地を抜け、ぼくは突き当たりにある緑の扉に辿《たど》り着いた。

扉の脇の壁には、『ハイツ・グリーンホーム』と名前の入った、ブロンズ製のプレートが埋め込まれている。間違いなくここがぼくの新しい住《す》み処《か》だったが、ぼくは一瞬、その扉を開けて中に入っていいものかどうか迷った。

普通、アパートの玄関には扉などというものはないものだ。あるとすれば、それはガラスのドアだったりして、内部が見えるようになっているものではないのだろうか。緑に塗られた扉は、中を覗《のぞ》き込むことを許さず、そのせいで外界を拒絶しているように思えてならなかった。

扉の周囲を探してみたけれど、呼び鈴のようなものはなかった。それでぼくはおずおずと、まるで他人の家の玄関を断りもなしに開けるような気分で、扉を押し開けた。

開けてみると、中は拍子抜けするくらい、小綺麗《こぎれい》なたたずまいだった。

もっと別の——路地の延長のような、あるいは、あの路地からさらに扉一枚ぶん隔絶された何かを想像していたぼくは、ちょっと気抜けしてしまった。清潔で明るい、いかにも共同住宅のものらしい玄関ホールだ。

不動産屋が送ってきた書類には、築五年と書かれていたけれど、手入れはいいらしく、まだ新しく見える。内装の白い壁は、すっきりと白いままだった。

扉を入ったすぐ左手には、共同の郵便受け。郵便受けの上から天井までは広い採光窓になっていて、そこからいかにも秋口らしい、涼《すず》やかな空が覗いていた。その横、ぼくの正面には管理事務所の小窓がある。さらに脇へ向かって明るい通路が延び、通路の手前、扉を入ってすぐ右手には、上へと向かう階段があった。

白い空間いっぱいに光が射《さ》し込んでいて、磨《みが》き上げられた床には塵《ちり》ひとつない。雑多なものがあふれていることもなくて、整然としている。

ぼくはちょっとホッとして、ゆっくりあたりを見回しながら、管理事務所に近づいた。

「すみません」

ぼくは、「管理事務所」という札が出ている小さな窓を叩いた。

小窓のガラス越しに中を覗き込む。中は二畳くらいの狭い事務室で、管理人の姿はなかった。事務所の脇には一段上がってガラス戸がある。ガラス戸の奥は住居らしかったが、そこにも管理人の姿は見えなかった。

ぼくは改めて小窓の周辺を見回し、呼び鈴を見つける。それを短く押してみると、すぐにガラス戸の向こうから、はい、と返事が聞こえた。住居のほうから人がやってくる気配がする。それを確認して、とりあえずぼくは荷物を足元に降ろした。

(いまどき管理人とはなあ)

いれば助かることも多いかもしれない。——そんなことを思いながら待っていると、事務所の右手、通路に面したドアが開いた。ドアには「一号室　野崎《のざき》」という表札が出ている。

ドアの中から顔を出したのは、初老の男性で、なんだか気むずかしそうな人だった。

「荒川《あらかわ》くん？」

ニコリともせずに訊《き》かれて、ぼくは頭を下げる。

「はい。——あの、管理人さんですか」

「ええ。野崎です。よろしく」

無表情に言って禿《は》げあがった頭を下げると、野崎さんは、ちょっと待って、と言って部屋の中に戻った。ぼくはなんとなく、野崎さんを追いかけるようにして、ドアのところまで行ってみた。

さほど長くもない廊下に面して、ドアがふたつ並んでいる。手前が一号室なら、奥のほうが二号室なのだろう。一号室の前に立つと、開け放したままのドアから、部屋の中の様子が見通せた。

玄関を入ってすぐ、短い廊下の奥が、ダイニング（あるいはキッチン）になっているようだった。フローリングの床の上に据えられた、二人掛けの小さなテーブルが見える。さらにその奥に和室があるらしい。間仕切りの板戸は開けっぱなしで、和室の様子が垣間《かいま》見える。天井から床までの広い窓と、畳の上に敷かれたままになっている布団。

ぼくが入居することになった部屋は、典型的なワンルームだ。この部屋は間取りが違っている。一階の部屋だけ違うのか、それとも一号室だけ違うのだろうかと思いながら中を覗き込んでいると、ふいに奥の和室から女の人が姿を現した。

ぼくは慌《あわ》てて頭を下げた。歳の頃からいって、野崎さんの奥さんだろう。おばさんはぼくを険のある表情で見て、すぐに和室の奥に戻ってしまった。無遠慮に中を眺めているのを咎《とが》められた気がして、ぼくはちょっと赤面してしまった。

野崎さんは隣《となり》の管理事務所に鍵《かぎ》を取りに行ったようだった。そちらのほうからガラス戸が閉まる音がして、すぐにダイニングに戻ってきた。すると、ダイニングと管理事務所が繫《つな》がっているのだろうか。

野崎さんは鍵を提《さ》げて玄関に戻ってきて、三和土《たたき》に降りた。

「部屋に案内するから。荷物は着いてるよ」

ぼくの荷物は、昨日到着しているはずだった。

「とりあえず部屋に入れて、適当に積んであるけど」

「どうも、すみません」

ぼくは軽く頭を下げ、野崎さんが階段を上がるのに続いた。

「……荒川くんは高校生だよね」

野崎さんは階段を登りながら、ぼくを振り返った。

「はい。一年です」

「親御さんはよく許したね。その歳で一人暮らしなんて」

「あの——仕方ないんです。親父、転勤が多くて。高校ぐらいになると、そうそう転校もしてられないですから」

「ああ、受験があるから」

無表情に頷《うなず》いて、野崎さんは二階を通り過ぎ、三階へ登る。

その後について段差の低い階段を登りながら、ぼくはたった今、自分がついた嘘について考えていた。

父親に転勤が多いというのは事実。

大学受験のことを考えれば、そうそう転校もできない、というのも事実。

それでも、そんなのは嘘だと、ぼく自身が一番よく知っている。

「荒川くんは、このへんの生まれ？」

野崎さんは振り向きもせずに訊いてきた。

「いえ。でも、親父の転勤で、むかし一年くらい住んでいたことがあるんです。もうちょっと南のほうですけど」

「じゃあ、このあたりも、まったく初めてではないんだ」

そう言って野崎さんは、その頃住んでいた場所や、通っていた学校のことを訊いてきた。訊かれるままにできるだけ愛想よく答えながら、ぼくは内心、眉《まゆ》をひそめていた。

野崎さんはおよそ、世間話が好きなタイプには見えなかった。無愛想に質問をしてこられると、何かの尋問を受けているようで、正直言ってあまりいい気持ちはしなかった。

野崎さんは三階の廊下を奥へと向かった。廊下に沿ってドアが三つ。いちばん奥のドアの前で立ち止まって、無表情にぼくを振り返る。

「ここだよ」

3

ハイツ・グリーンホーム、九号室。

変形七畳のワンルーム、玄関を入ると左手にはユニットバス、右手には流し、通路兼用のキッチンの奥に部屋があるという、典型的な造作だった。フローリングの床の上には、先に送った荷物が積み上げてあった。

野崎さんにお礼を言い、鍵をもらって中に入ると、ぼくは真っ先にベランダに面した窓を開けた。

ベランダに出てみると、真下は狭い庭になっていた。一階の部屋には庭がついているらしい。庭を隔《へだ》てた向こうには、お粗末な塀《へい》を挟んで緑の多い広い家が見える。ベランダは、路地とは反対側にある。こちら側には高い建物はなかった。低い家並みが続いた先には小高い丘がある。丘の斜面は深い緑。頂上に何かの屋根が覗いていた。

(景色はいいな)

窓の外まで路地のように暗かったら、たまらない。

視線の先には丘のほかに視野を遮《さえぎ》るものはなく、その丘も、たいして高くはないし、離れているせいで、さして邪魔にはならなかった。むしろ緑に覆《おお》われた斜面は、目に心地良い。丘の左右にも低い家並みが広がり、はるか彼方《かなた》に緩《ゆる》やかな山並みが霞《かす》んで見えた。

(うん。景色はいい)

そう思って、もういちど丘に目をやったとたん、ぼくはふいに嫌な気分がした。緑の斜面に、赤い鳥居を見つけたせいだ。

目を凝《こ》らすと、木立の間にも赤いものが点々と見える。斜面を石段が上っているようだった。その途中に鳥居が立っているのだ。

（神社なのか）

頂上に見える屋根は、どうやら神社の本殿のものらしい。

それがなんだか不快でたまらなくて、ぼくは窓を閉めた。窓を閉めながら、どうしてそんな気分がするのか、自分でも不思議に思っていた。たかが神社だ（お寺ならともかく）、嫌な気分になる理由なんて、どこにもない。

嫌な気分というやつが、ある種の予感に似ている気がして、ぼくは少し笑ってしまった。ぼくの予感は当たらない。――いや、予感なんて何も感じないと言ったほうが正しいのかもしれない。

母が事故で死んだときにも、ぼくは何も感じなかった。虫の知らせというものがあったなら、せめてぼくは学校に行く前に、母の顔をよく見ておいたろう。何も感じず、いつものように家を出た。母が死んだその時刻にも、いつも通りに退屈な授業を受けていた。

そんな自分を自分で笑って、ぼくは積み上げられた荷物を解《と》きにかかった。小さな部屋だけれども、これからはここがぼくの「家」になる。

親父は転勤ばかりだったので、しかも予告もなく、いきなり転勤を言い出す人だったので、ぼくはひとつところに落ち着いて住んだことがなかった。どうせいつ出るか分からない住み処だと思っていたから、居心地よく暮らせるように気を配ったりする気にはなれなかった。

多少、雨漏りがしても隙間風が吹いても、ぼくには気にしない癖《くせ》がついていた。そんなふうだったから、ここにポスターを貼ろうとか、カーテンはどういう色にしようとか、考えてみたこともなかったのだ。

ぼくは部屋を見渡し、どの位置にどんな家具を置くか、考え始めた。

それはずいぶん楽しいことで、ぼくはすぐに、路地や神社に抱いた不愉快な感じを忘れてしまった。

4

ぼくは丁寧《ていねい》に名札を作ると、ドアの表札入れの枠《わく》の中にそれを収めた。

表札入れの「九号室」という文字、自分で書いた「荒川　浩志《ひろし》」という文字の並びを検分する。

それからもう一枚、名刺大の紙で同じものを作ると、それを持って一階に降りた。郵便受けの、名札を入れる枠の大きさを確認した。余計な部分を折り返して、そこに収める。何度かやり直してぴったりと収めると、ぼくは自分の郵便受けを眺めた。

一階に二部屋、二階と三階に三部屋ずつ。一号室から九号室まで。四号室はないかわりに「管理人」という札の入ったボックスがあって、郵便受けは三列三段。その一角を占めた、自分の名前。ぼくがここに居場所を得た証《あかし》だ。なんとなくそれに満足して、ぼくは意味もなくステンレス製の扉を開いてみた。

からっぽのはずの郵便受けの中に、小さな丸い、白いものがひとつ、入っていた。

(なんだ?)

ぼくはそれを、つまんでみる。

プカプカした手触りの、人形の首だった。古びたセルロイド製の、目鼻の消えかけた人形の首。

誰がこんなものを、そう思ったとき、背後に人の気配がした。

振り返ると、階段の下にぼくと同じ年頃の男が立っていた。ずいぶんと細い小柄な奴《やつ》で、やたら色が白くて、それでいかにも貧相な感じだった。

そいつはぼくと視線が合うと、上目遣《うわめづか》いにぼくを見て、ちょっと微笑《わら》う。気後《きおく》れでもしたような、おどおどとした感じの笑みだった。

「……気にしないで。ちょっとした悪戯《いたずら》だから」

ぼくは一瞬、つまんだ人形の首と奴を見比べ、内心でムッとした。それが表情に出たのだろう、相手は慌てたように手を振る。

「ぼくじゃないよ」

本当だろうか？

相手を見返したが、真偽のほどは分からなかった。どことなく腰が引けたふうに上目遣いにこちらを見てくるのが卑屈《ひくつ》な感じで、なんだか、いけ好かない奴だと思った。

「本当に。ぼくが入れたんじゃないんだよ」

相手は繰り返す。

ぼくはそれには反応を返さず、憮然《ぶぜん》として部屋に戻ろうとした。なんとなく不愉快で、関わり合いになりたくなかった。

奴の側《そば》を通り抜けて、二階へと階段を登る。二段ほど登ったところで呼び止められた。

どうして名前を知っているんだ、そう驚いて相手をまじまじと振り返ると、意味不明の微笑が返ってきた。

「ヒロシ、でしょ？」

そう言って相手は、たったいま名札を入れたばかりの郵便受けを指さした。そういうことかと思いながら、ぼくは相手を睨《にら》みつける。ただでさえ愉快でないところに、見ず知らずの人間から、いきなり呼び捨てにされて、すごく不快な気分になっていた。

「あんた、誰。——ここの住人？」

つっけんどんにぼくが訊くと、相手は頷く。

「六号室の」

ぼくは郵便受けに目をやった。六号室の郵便受けには、名札が入っていなかった。

「なんで表札をあげてないわけ？」

そう訊くと、奴は再び意味不明の微笑《ほほえ》みを浮かべる。イライラする感じの笑い方だ。

「表札はね、あげないほうがいいんだよ。名前を覚えられるから」

ぼくには、その言葉の意味が分からなかった。首を傾《かし》げるともなく傾けると、奴は言い添える。

「浩志」

「名前を覚えられると、つまんない悪戯の的にされちゃうんだ」

「誰に」

これには答えがなかった。

「あんた、名前は？」

さらに訊くと、相手はぼくをじっと見る。腰が引けてるふうではあったけど、とりたてて邪気がある感じじゃない。こちらに悪意を抱いているわけではなさそうだった。

「……和泉《いずみ》。和泉、聡《さとる》」

「いくつ？」

「浩志と同じくらい、かな」

その言い方にまたイライラする。わけもなく人を不愉快にさせる奴だと思った。

「十六？」

「うん」

(嫌な奴だ)

虫が好かない、というやつだろう。ぼくはなんだかこいつが気にくわなかった。顔を合わせているだけで、なんとなく忌々《いまいま》しい。そんな気分が顔に出ていないはずはないのに、和泉はぼくを、じっと見ている。

「浩志はここに来ないほうがよかったんじゃないかな」

「……なんだよ、それ」

これには答えず、かわりに重々しい口調でぼくに言う。

「出て行ったほうがいいよ」

「嫌がらせか？」

半分、ケンカ腰にぼくが問い返すと、和泉はただ首を横に振った。

「……忠告」

そう言って、ぼくが何を言い返す間もなく、側を離れていった。逃げるような足取りで玄関を出ていく。

それを見送りながら、ぼくはこのうえもなく不愉快な気分になっていた。

5

夕方、買い物に出かけながら、ぼくは軽いウツ状態におちいっていた。

建物も、環境も、住人も、全部がひどく気に入らなかった。

ここで当面、生活をするのかと思うと、かなりのところウンザリし、そうして、ひとりで越してくるにいたった経緯を思った。

ぼくにはもう家がない。そこがどんなに不快な場所でも、ぼくはどこかに帰らなければならないのだ。

ぼくの母は半年前に死んだ。道路を横断中、車に撥《は》ねられた。――そんなことは、よくある話だ。

母の訃報《ふほう》を聞いて、各地から知人が集まってきた。その中には尚子《なおこ》おばさんもいた。尚子おばさんは、母の同窓生だった。高校時代からの友人で、母が結婚して、父の転勤に従って各地を転々とするようになっても、きわめて親しくつきあっていた。

尚子おばさんのほうは未婚のままで、けっこう名の通った会社に勤めていた。出張やなんかで近くに来ると、必ずぼくの家に寄っていった。ぼくも、ずいぶんと面倒を見てもらった覚えがある。家族ぐるみのつきあいだった。父も、出張で東京に行くと必ず、尚子おばさんのところに挨拶《あいさつ》に寄るようだった。

尚子おばさんは通夜に駆《か》けつけ、そのまま男二人になったぼくたち親子の面倒をみてくれた。

初七日が過ぎた。

ふた七日が過ぎた。

それでも尚子おばさんは、家に帰らなかった。仕事はいいのか、とぼくが訊くと、辞《や》めた、とだけ答えた。

尚子おばさんは家に居続けて、四十九日になった。その夜、父は再婚するとぼくに宣言した。相手は尚子おばさんだった。

——ひょっとしたらこれだって、よくある話なのかもしれない。

ぼくは反対したけれども、父は子供の意見なんかを真面目に聞いてくれる人ではなかった。家族には、自分の行動に対して是非を云々《うんぬん》させない人だった。

尚子おばさんが、ぼくの新しい母親になった。

新しい生活が始まってしばらくして、父の転勤が決まった。ぼくはそれを契機に、家を出ることにした。おばさんは反対したが、父はくどくどと小言を言っただけで、特に反対はしなかった。

そのままぼくだけその街に残っても良かったのだけれど、荒川さんちの「通夜の当日から来た新しいお母さん」は、学校でも近所でも有名だったので、ぼくはかなりウンザリしていた。

それでひとり、グリーンホームに越してきた。——そういうことだ。

父は家庭を顧《かえり》みない人だったので、ぼくは自分が母子家庭で育ったように感じている。そのうえ転宅を繰り返してきたので、ぼくにとって「家」というのは、母がいる場所のことだった。この際、母が良い母親だったかどうかというのは、ぜんぜん関係のない話だ。

母が死んで、ぼくは「家」を失くした。

気分の話だけではない。たとえば、喉《のど》が渇《かわ》いて冷たいものを飲もうとする。ところが、いつの間にか食器をしまう位置が変わっていて、あるはずの場所にコップがなかったりする。冷蔵庫を開けても、中を整頓するルールが変わってしまっていて、すぐには探すものを見つけだすことができない。

――そうやって、ぼくの「家」だったはずの場所は、他人の「家」になっていった。

気がつくとぼくは、まるで親戚の家にでも滞在しているかのように振る舞っていた。

たとえそれが、今はどんなに不快な場所でも、グリーンホームは、ぼくの「家」には違いない。そのうち慣れて、愛着だって出てくるはずだと、ぼくは自分を慰《なぐさ》め慰め、陽が落ちた街を歩いた。

6

滅入《めい》った気分のまま買い物をして、夕飯を食べてグリーンホームに帰った。がらんとした部屋は真っ暗で、自分で明かりを点《つ》けた。ひとけのない「家」に帰るのは、これが初めてだった。

妙に頼りない気がして、そんな気分になった自分が忌々しくて、ぼくは自分に舌打ちをした。

部屋には段ボール箱が山積みになったままだ。部屋は「家」というより、物置みたいに見えた。

外の光が消えて鏡のような窓ガラスには、自分の姿が映っていた。その姿が意気消沈した子供みたいに見えて、ぼくはますます落ち込んでしまう。

(物置に放り込まれた子供みたいだ)

そう思って本当に滅入った。

(部屋が家らしくないから、いけない)

部屋が片づき、人の住み処らしくなれば、こんな気分もきっと治まるに違いない。

とりあえず、買ってきたばかりのカーテンを下げた。暗い穴みたいな窓を明るいグレイの布で覆うと、それだけでけっこう暖かい感じになった。

キッチンと風呂場にタオルを吊し、石鹸を置く。そんな小さなことで、生活の匂いがしてくるから不思議だ。

流浪の生活を送ってきたので、ぼくの荷物は少ない。その少ない荷物の大部分を、ぼくは持ってこなかった。唯一《ゆいいつ》持ってきた家具である三段ボックスを据え、唯一持ってきた電化製品であるオーディオの配線にかかった。スピーカーから音楽が流れ出すと、ずいぶんと気が楽になった。それでぼくは意気込んで細かな片づけにかかった。

何時間か経って、しまうものを全部しまい終えて、ぼくはひと息ついた。飲み物が欲しかったので、表のコンビニに買いにいく。コンビニが近いのはありがたい。明日は電化製品を買いにいこうと思いながら、店を出てグリーンホームの路地を曲がった。

曲がって、ぼくはぎょっとする。思わず立ち止まった。

真っ暗な路地に、子供がひとり、しゃがみ込んでいた。小さな男の子だった。たぶん幼稚園ぐらいだろう。

その子は路地の入り口のあたりにうずくまって、地面に向かって何かをしていた。いぶかしんでよくよく見ると、チョークで地面に落書きをしている。

なんだか腑《ふ》に落ちなかった。

路地に光を投げかけるものといえば、入り口に立った街灯と、グリーンホームの玄関にあるライトだけだった。当然のように路地は暗い。げんに横顔を向けたその子の容姿は、はっきりとは見えない。

こんな暗い場所で、ちゃんと手元が見えているのだろうか。少なくともぼくが覗き込んでみても、その子が何を描いているのか判別できなかった。

周囲を見渡したけれども、親の姿は見えない。腕時計を見ると十一時。子供があまり一人歩きをする時間じゃない。

話しかけようかと思って、やめた。ちょっと親が離れただけかもしれないと思ったからだ。

俯《うつむ》いたままの子供の脇を通って、グリーンホームに戻った。ぼくが通り過ぎても、男の子は顔も上げなかった。

(気持ちの悪い子だ……)

いくらか「家」らしくなった部屋に戻って、缶コーヒーに口をつけたときだった。

夕方、買い物に出る前に工事が済んだばかりの電話が鳴りだした。ぼくは慌てて真新しい受話器を取った。

取った受話器を耳に当てながら、ふと、電話番号を他人に教えた覚えのないことを思い出した。まだ、親にも連絡をしていない。

「はい」

荒川です、と答えなかったのは、心のどこかで引っかかるものを感じていたせいかもしれない。あるいは、和泉の言葉（名前を覚えられるから）を気にとめていたせいかも。

電話の相手は無言だった。

「もしもし？」

ぼくの問いかけに返答はなかった。受話器からは微《かす》かな雑音だけが聞こえた。

「もしもし？」

繰り返したが、返答はない。

ぼくは電話を切り、乱暴に受話器を置いた。

第二章 予感

1

翌日はゆっくり起きて買い物に出かけた。

知らない街は買い物ひとつにも行くあてに困る。けれども幸い、ぼくはこの街がまったく初めてではない。この街に住んでいたのはもう六年も前のことだけれど、繁華街の位置が変わったりはしていないだろう。もちろん変化は多いだろうが、きっと懐《なつ》かしいのに違いない。

ぼくはちょっとだけ浮かれた気分で、グリーンホームを出た。玄関から外に出ると、管理人の野崎《のざき》さんが路地の掃除をしていた。

「こんにちは」

ぼくが声をかけると、野崎さんは顔を上げる。なんだか不機嫌そうな表情だった。お出かけですか、と訊《き》かれ、買い物に行ってきます、と答えた。野崎さんは路地に水を流して、デッキブラシでこすりあげていた。細い路地が入り口のあたりまで水に濡れて、それで掘割か水路のようだった。たかが路地の掃除にそこまでするなんて、変わった人だと思った。

六年ぶりに見る繁華街は、すっかり様変わりしているように見えた。それでも、通りの端々に見覚えのある建物を見つけ、ぼくはずいぶんと懐かしい気分になった。この街にいたときには小さかった。学校の記憶はほとんどない。それでも母に連れられて来たデパートなんかは、しっかりと覚えているから不思議なものだ。

手頃な電器屋に入り、迷った末に電気ポットと小さな冷蔵庫だけを買った。他にも細々《こまごま》とした日用品をそろえてグリーンホームに帰ると、もう夕暮れが近かった。

持てるだけの荷物を持って、ぼくはグリーンホームの路地を曲がる。黄昏《たそがれ》の降りた狭い路地は、昨日以上に嫌な感じがした。

ふと思い出して、ぼくは路地のあたりを見回す。昨夜、子供が落書きをしていたのは、このあたりじゃなかっただろうか。

よく見ると、コンクリートの路面には、微《かす》かに黄色い線が残っていた。すっかり薄くなっていて、何が描かれているのかは分からない。歩きながら路面を眺めた。あの子は昨夜、ずいぶんと頑張ったらしい。路地の奥、玄関の手前までその薄いチョークの線は続いていた。

なるほど、野崎さんがブラシを持ち出していたのは、このせいだったのかと思う。路地に描かれた落書きを消していたのだろう。

そう納得しながら荷物を抱えて玄関に入ると、なんとなく郵便受けを覗《のぞ》き込んだ。昨日の今日では手紙なんて来るはずもなかったし、手紙をくれるような人間も（若干一名を除いて）思い当たらなかったが、とにかくそうした。

想像に反して、蓋《ふた》を開けてみると中には白い封筒が見えた。取り出してみて、ぼくは舌打ちをする。封筒の裏には、極端な右上がりの女文字が並んでいた。「若干一名」（……尚子《なおこ》おばさん）からの手紙だった。

荷物を片腕に抱え直し、階段を登りながら封を破ろうとした。

（……え？）

白い二重封筒の口は開いていた。誰かがきちんと鋏《はさみ》を使って開封してあった。

思わず足を止める。踊り場に荷物を降ろし、改めて手紙を調べた。

ごく普通の封筒だった。ちゃんと糊《のり》で封をしてある。「〆」という文字も書かれている。表にはここの住所とぼくの名前、切手と昨日の消印。当たり前に投函されて、普通に配達されてきたものであることは、間違いない。

封筒を逆さに振る。二枚ほどの便箋《びんせん》が出てきた。

手紙を広げてみると、右上がりの文字が近況を報告していた。ぼくの近況を問う言葉、そして早くもう一度、一緒に暮らしたいとの意向。

誰かが手紙を読んだのだとしか思えなかった。

(でも、なぜ?)

そんなことをして、なんの意味があるんだろう?

考え込んでいると、上から声をかけられた。階段の上、二階から和泉《いずみ》がこちらを見ていた。

「おかえり」

和泉は軽く手を挙げる。無視する理由も見つからなくて、ぼくは軽く会釈をし、そうしながら手紙をジャケットのポケットにねじ込んだ。

「手紙? 誰から?」

和泉は、ぼくのポケットに突っ込んだ手のほうを見て訊いた。その遠慮のかけらもない口調に気分が尖《とが》る。

「関係ないだろ」

つっけんどんに答えると、和泉は少し寂《さび》しそうな顔をした。文字通り腰が引けたふうで、ほんのわずか、退《さが》る。その脇を通ってぼくは三階に向かった。和泉は二階からぼくを見送っている。奴の視線が自分を追いかけているのが、ぼくには分かった。

(本当に……嫌な奴《やつ》)

和泉の視線は、なんだかひどく気にくわなかった。

2

鍵《かぎ》を使って部屋に入ろうとしたとき、廊下を近づいてくる足音がした。脇を見ると、隣《となり》の八号室に人が帰ってきたところだった。中年にさしかかった会社員ふうの、ひどい猫背の男。

隣には「大林《おおばやし》」と表札が出ている。では、彼が大林さんか。

男はポケットから鍵を出した。ぼくの視線に気がついたのか、ふいに顔を上げる。目が合ったので、ぼくは軽く会釈をした。大林さんはドアを開けながら、ちょっと凄《すご》むような目でぼくを見た。なんだか悪意のこもった目つきだった。

大林さんはドアを音高く閉める。ぼくもそそくさと部屋に入った。

どうやら隣の住人も、嫌なタイプのようだった。

部屋に戻ると、つい習慣で窓を開けようとした。ぼくは密閉された部屋が、あまり好きじゃない。

カーテンに手をかけたところで、ベランダの正面にあの神社があることを思い出した。少し開いた布の隙間から外を覗くと、夕暮れの空をバックに、黒い影になって丘の形が見える。

どきん、と心臓が鳴って、ぼくは慌《あわ》ててカーテンを閉めた。

いったい、どうしたんだろう、ぼくは。

どう考えてみても、自分がなぜあの神社を嫌がるのか分からなかった。

墓地や寺だというのなら、なんとなく分からないでもない。今のぼくの気分は、部屋の真正面に墓地を見つけた人間の感情に似ていると思う。けれどもあれは神社だ。

特に気味の悪い建物があるわけでもない、わずかに鳥居と、本殿の屋根が見えるだけ。丘は単なる林で覆《おお》われていて、遠目に不吉な印象をしているとか、そんなものですらない。嫌だと思うどんな理由も、我ながらあるとは思えなかった。

自分の気持ちを確かめたくて、ぼくはもう一度カーテンを開いてみようとした。布に手をかけたが、開けられなかった。——どうしても開ける気になれなかった。ひどく嫌で、見たくもなくて、その原因が分からないのが、さらにぼくを不安な気分にさせた。ぼくは自分自身に困惑しながら、逃げるように窓を離れた。

とりあえず、気分を変えたくてCDをセットした。軽い調子の音楽が聞こえ始める。それを聞きながら、買ってきたばかりの荷物を解《と》いた。

今日買った電気ポットは、冷蔵庫と一緒に明日の到着。それでやむを得ず、新品の片手鍋でお湯を沸《わ》かした。コーヒーでも淹《い》れようと、包みの中からカップを取り出したときだった。

電話が鳴った。

買い物に出る前、家に電話しておいた。家には誰もいなかったのに安堵《あんど》しながら、留守電にとりあえず無事に着いたことを報告し、電話番号を吹き込んでおいた。それで尚子おばさんからか、と——そう思った。

「はい」

溜《た》め息《いき》まじりに受話器を取った。荒川《あらかわ》です、という言葉を、ぼくはまたつい呑《の》み込んでしまった。ぼくは、いろんなことをけっこう気にしている。妙に神経質になっている自分に苦笑して、ぼくは電話の相手に呼びかけた。

「もしもし？」

しかしながら、電話の相手は無言だった。

またか、と思いながら耳を澄ますと、電話の向こうで微かに硬《かた》い音がしているのが聞こえた。硬いものを、思い出したように小さく打ち鳴らしているような音。風鈴のような快い種類の音じゃない。むしろ不快な種類の音だ。

「もしもし」

もう一度、強く呼びかけてみる。突然、電話は一方的に切れた。

ぼくは舌打ちをして、受話器をそのへんに放り出した。

3

その翌日、ぼくは指定された時間に転入先の学校に出かけた。

少し予定より寝坊した。寝過ごしても起こしてくれる人がいないというのは、けっこう大変なことなんだな、と思う。パンを齧《かじ》る暇もなく、ぼくは部屋を飛び出した。

急ぎ足で階段に向かう。七号室の前まで来たところで、ドアが開いた。つい目をやると、背の高い男の人が部屋の中から出てくるところだった。

続いて赤ん坊を抱いた女の人が姿を現して、ドアのところから「行ってらっしゃい」と声をかける。それで、どうやら夫婦者らしいと分かった。

七号室には「加川《かがわ》」と表札が出ている。加川氏は、ひどく痩《や》せて背の高い、一目で嫌になるくらい暗い人だった。きのう会った大林さんよりは若い。三十前後というところだろうか。頬骨《ほおぼね》も露《あらわ》に肉の削《そ》げ落ちた顔は血色も悪くて、なにか持病でもありそうに見えた。

二人と目が合ったので軽く会釈をし、ぼくは小走りに階段を降りた。

玄関ホールに降りると、目に黄色いものが飛び込んできた。

ホールの床を染めた黄色い色彩。

まるで絨毯《じゅうたん》でも敷いたように見えた。白っぽいホールの床には、隙間もないほど黄色いものが塗り広げられている。

黄色いチョークで描いた落書きだった。それがホールを埋めつくしている。階段のいちばん下の段にも、はみ出したように、ひとつふたつ、幼い線で何かが描かれていた。

いつか見た、あの男の子が描いたのだろうか。つたない線が歪《いびつ》な形に、びっしりと広がっている。タッチが幼いうえに、線同士が重なっているものだから、ちょっと見ただけではどんな絵が描いてあるのか分からない。

なんとなく気味が悪かった。

これだけの面積を埋めつくすほど落書きをする情熱というのは、想像がつかない。しかも描いたのは、まだ幼稚園ぐらいの子供なのだ。

つい呆然《ぼうぜん》として階段の途中で足を止めていると、野崎さんが一号室から出てきた。

「おはようございます」

ぼくが声をかけると、野崎さんは不機嫌そうにちょっとだけ頭を下げた。片手にはバケツを持ち、もう片手にはモップを持っている。言って、それからはっきりと舌打ちをした。

…

「……まったく」

バケツを降ろし、モップを突っ込む。ちょうど、後ろから加川さんが降りてきて、野崎さんと挨拶《あいさつ》を交わした。加川さんもホールを見て顔をしかめた。

「またですか」

　ぼくは加川さんと、野崎のおじさんを見比べた。野崎のおじさんは仏頂面《ぶっちょうづら》で頷《うなず》いて、モップを絞《しぼ》る。それで床をこすって、落書きを消し始めた。

（……また？）

「本当に、気味の悪い……」

　ブツブツ言いながらモップを使う。

　加川さんは、さも嫌そうな顔をしてホールに足を降ろした。

「誰の仕業なんでしょうね。――しばらく、やんでたのに」

「まったくですよ。一回、とっちめてやらないと」

　野崎さんが吐き出すように答えた。

（しばらく、やんでた？）

　首を傾《かし》げながら、ぼくは加川さんの後に続き、おじさんのモップを避《よ》けてホールに降りた。「また」、「しばらく」という言葉が気になったけれども、どういうことだか訊く気にはなれなかったし、訊いている時間もなかった。

「行ってらっしゃい」

　おじさんの不機嫌な声に送られ、ぼくは加川さんの後を追うようにして、黄色い線を踏んで玄関を出た。

4

ぼくが転入することになった学校は、グリーンホームから歩いて五分のバス停から、さらにバスで十五分のところにあった。ごく平均的な普通科高校で、特に良くも悪くもないし、これといった特徴もないようだった。

ぼくにとって転校は、慣れきった退屈な儀式だ。それでも今回は、ここを卒業するのだと思うと、少しだけ緊張させられた。

クラスにはすぐに溶《と》け込んだ。それがぼくの特技だ。

可もなく不可もなく転校初日を終えて、放課後、通学路の途中にある店なんかを確かめたくて、バス通り沿いに、てくてく歩いてぼくは戻った。

学校からバス停ふたつのところに、趣味の合うCD屋を見つけ、グリーンホームにそう遠くないあたりに、二十四時間営業の本屋を見つけた。なかなか幸先《さいさき》のいい収穫だった。

もっとも、そのおかげで神社のある丘の、すぐ麓《ふもと》を歩く破目になったけれど、ぼくはひたすら視線を逸《そ》らして、丘を見ないようにしてやり過ごした。

どうしてそこまで自分があの丘にこだわるのか、我ながらよく分からなかった。

(なんでもない丘なのに……)

そう思いながら商店街を抜け、グリーンホームの路地を曲がった。

グリーンホームへ向かう路地は、正確には完全に玄関先で途切れているわけではない。

建物の玄関は路地から三段ほど上がったところにあって、ドアの前には小さなポーチがあり、短い廂《ひさし》がかかっている。このポーチに沿って路地は鉤《かぎ》の手に曲がり、建物の左脇にある自転車置き場から裏手の庭へと回り込んでいることを、ぼくは昨日、夕飯から帰ったときに確認していた。けれどもその時、ぼくはポーチの右側に、建物に沿って数十センチほどの幅をした細い通路があることに、気づいてなかった。

通路というよりは、建物と建物の隙間だろうか。

ぼくはポーチに上がってドアを開けようとして、右手に薄い抹茶色《まっちゃいろ》の服を着た人影を見つけ、それで隙間の存在に気づいたのだった。

コンクリートの壁と白い壁の間に、一人の人間がしゃがみ込んでいた。こちらに丸い背を向けて、中年の女の人が地面に向かって何かをしている。

ちょっと覗き込むと、そのおばさんはわずかな地面に生《は》えた雑草をむしっていた。湿《しめ》り気《け》を帯びた土に、へばりつくように生えた草を、爪《つめ》で丁寧《ていねい》に剝《は》がしている。

ぼくの気配に気づいたのか、おばさんは振り返った。野崎さんの奥さんだった。

「……だあれ？」

おばさんは肩越しに、ひどく間延びした声で訊いてきた。

「あ……ぼく、荒川と……。あの、九号室の」

おばさんは窺《うかが》うような目でぼくを見て、ああ、と口の中で呟《つぶや》いた。

ぼくは引っ越してきた最初の日、部屋の中を無遠慮に眺めていたことを詫《わ》びようかと思い、結局、口に出せなくて、そのままただ会釈をした。

おばさんは応えるように軽く頭を下げ、そのまま半身をねじって、ぼくをじっと見ている。立ち去るきっかけを失って、ぼくはひどく困ってしまった。

どことなく、どんよりした感じの視線に曝《さら》され、ぼくは何かを言わなければいけないという、妙な焦《あせ》りに捕らわれた。話題を探し、思いついたことをそのまま口にした。

「六号室に和泉さんっていますよね」

おばさんは小首を傾げて、不審そうにぼくを見ている。

「ええと、違うのかな。六号室だって言ってたんだけど。あいつ――あの人って、一人暮らしなんですか」

おばさんは少しの間、瞬《またた》いて、それから小さく頷いた。

「そうですよ。――それが？」

それが、と言われても、ぼくにだって訊いた理由があるわけではなかった。単に思いついたことを口にしただけだったが、よく考えてみると、初日に部屋を覗き込んでいたことといい、今の質問といい、詮索《せんさく》好きな奴だと思われたかもしれない。

「あ、いえ。……その、ちょっと気になっただけなんで」

ぼくは慌てて答え、もういちど頭を下げて、そそくさと玄関に入った。ドアを閉めるまでずっと、おばさんのどんよりした目がぼくの姿を追っているのを感じていた。

5

玄関ホールの落書きは綺麗《きれい》に消されていた。

それを目で確認しながら、郵便受けを開くと、中には手紙が一通、入っていた。

つい軽く舌打ちをしてしまったのは、野崎のおばさんと妙な会話をして気分がモヤモヤしていたせい、それからその手紙が、尚子おばさんからのものだろうと思ったからだ。

（またかよ……）

うんざりしながら取り出してみると、差出人の名前がなかった。

封筒はごく普通の白封筒で、切手は貼られていない。封筒の表には、ぼくの名前だけが書いてあって、住所はなかった。誰かが直接、投げ込んでいったのだろう。宛名の文字は、達者なペン字で、ダイレクトメールには見えず、開封された様子もなかった。

ぼくはその場で手でちぎるようにして、封を切った。わざわざ部屋に持ち帰る気にはなれなかった。中の手紙を引っぱり出してみて、ぼくはちょっと瞬いた。

中には便箋が二枚、入っていた。白地に銀の罫《けい》のそれには、文字が全く書かれていなかった。ただ、二枚目の便箋の端に、赤く指紋が残っている。親指のものだろうか、便箋をいじったときに、ついてしまったものらしかった。

赤い――赤茶色の指紋がひとつだけ。まるで乾いた血のような色合い。

（誰が――）

ぼくは、むかむかした気分に任せて、便箋を封筒ごと丸めた。

（誰がこんな真似《まね》を）

忌々《いまいま》しい気分で、それをホールの隅《すみ》にあるゴミ箱に放り込んだ。

部屋に戻り、ぼくはふてくされてカバンを投げ出した。

(うんざりする)

嫌なところだ、ここ――グリーンホームは。

暗くて、何か不穏《ふおん》で。しかもひどく嫌な感じがする。

落書き、悪戯《いたずら》、お世辞にも感じが良いとはいえない住人たち。

寝転がって考えていると、突然、電話が鳴りだした。

慌てて身を起こす。まだ留守モードを解除してない。メッセージが応答する前に、と大急ぎで受話器を取りかけ、一瞬(また無言電話だろうか?)迷った。それでも呼び出し音を無視できず、嫌々ながら受話器を取る。

「……はい」

予想した通り、相手は無言だった。

「誰なんだよ」

ぼくは厳しい声を出した。受話器を当てた耳の奥に、何かの音がこだまする。硬い音が、断続的に続く、ただ、それだけ。

乱暴に電話を切って、受話器を放り出した。

無言電話なんて、よくある悪戯だ。相手にしなければいい。そう思いながらも、なんだか割り切れないものを感じた。

受話器を放り出してすぐ、再び電話が鳴った。

ぼくは今度は受話器を取らなかった。黙って耳を澄ましていると、留守電のメッセージが始まる。メッセージが終わって発信音がしても、相手は無言のままだった。意思を感じさせるような沈黙、それがややあって、やっと切れる。

ぼくがほっと息を吐き、このままずっと留守モードにしておこうと思ったところで、また電話が鳴った。

ぼくは電話を見守る。機械的なメッセージ、そして無音。

電話が切れる。再び鳴る。メッセージと無音。

ぼくは思わず、電話機のモジュラー・ジャックを引き抜いた。

いい加減にしてくれ、と怒鳴《どな》りたい気分だった。

ようやく部屋が静かになって、気がついてみると、すでに陽は落ちている。

明かりを点《つ》ける気がしなくて、ぼくは薄暗い部屋の中に座っていた。しばらくその

ままぼんやりしていると、チャイムが鳴った。家電屋が昨日買った荷物を配達に来た
のだ。

ぼくは大きく息を吐き、（考えてもしょうがない）頭をひとつ振る。立ち上がって
明かりを点けた。部屋の中はまだ他人の家のように（グリーンホーム——緑の我が家、
か……）馴染みがない。

玄関に向かい、荷物を受け取り、冷蔵庫や何やかやの据え付けを始めた。

（気にしないことだ）

そう。考えないことだ。

（ここがぼくの「我が家」なんだから）

6

グリーンホームは嫌なところだったけれど、学校のほうは、けっこう馴染みやすか
った。クラスのムードも快活で、学校全体に明朗な空気が流れている。

昼休み、ぼくは教室でクラスの奴と話をしていた。いつの間にかぼくは、わりにお
となしい、地味な奴らのグループに編成されていた。

「荒川、この街に昔、住んでたんだって？」

訊いてきたのは木村《きむら》だった。

「うん。一年くらいだけどな」

「いくつんとき？」

「小学校の三年だったかな。四年になってすぐ、また転校したんだ」

「ガッコ、どこ？」

ぼくは名前を挙げたが、周囲の人間の中に、同じ小学校の出身者はいないようだった。

「部活で一緒の奴が、そこだって言ってたんじゃなかったかなあ」

三日月《みかづき》という陸上部の奴がそう言って、ぼくは訊き返した。

「なんて奴？」

「金子《かねこ》」

（――金子）

知っている奴だろうか。少し考えたが、思い出せなかった。さすがに三年生の時のことでは、覚えていることのほうが少ない。

「後藤《ごとう》、あの小学校の校区じゃねえの？」

三日月が訊く。後藤は頷いた。

「じゃないかな。けどおれ、中学の時、転入してきたから」

へえ、とぼくは声をあげた。

「じゃあ、後藤の家、わりに近くなんだ。——どこ？」

「んと、国立病院、知ってるか？　あの近所」

国立病院というのは、商店街を越えて、バス通り沿いにさらに先に行ったほうにある。昔、ぼくが住んでいたのは、さらにその先のほうだ。

「へえ。じゃあ、けっこう近いんじゃないか」

「そうか？　荒川はどこ」

「商店街の真ん中。ビデオ屋の近くにある、グリーンホームってとこ。ビデオ屋とコンビニの間の路地を入ったとこなんだけど、分かるか？」

ぼくが訊くと、後藤はなんとも奇妙な顔をした。

「……なに？」

問うと、後藤は他の連中と目配せし合う。

「……お前、グリーンホームに住んでんの？　家族と？」

「いや。一人暮らしだけど」

ちょっと意味ありげな沈黙が降りた。

「なんだよ」

ぼくは周囲の奴らを見回す。後藤は苦笑するようにして、軽く肩をすくめた。

「いや、べつになんでもないいんだけどさ。……グリーンホームって、けっこう有名だったりして」

「なんで？」

「出るって」

思わずぼくはポカンとしてしまった。なんだか笑いそうな気分になる。

「出る……って、あれ？」

頷いた後藤も、笑い出しそうな顔だ。

「本当かどうか知らないけどさ。まあ、有名なわけ。御近所の名所ってやつ」

「へえ……」

虫の知らせでさえ経験したことのないぼくは、当然のように幽霊なんかも信じない。とっさに馬鹿みたいだ、と思い、それからグリーンホームに着いて以来、しばしば感じる、あの嫌な気分を思い出した。

「どんな感じ？　いかにも出そう？」

木村がそう言う。ぼくは首を振った。

「べつに。けっこう綺麗だし。けど……」

言い淀《よど》むと、好奇心を露にした目が集まる。

「なんか、前の道が暗くてさ。住人は感じ悪い奴ばっかりだし、あんまり住みやすいところじゃ、なさそうなんだよな」

笑って答えながら、ぼくはひどく戸惑っていた。引っ越しは何度もしたけれども、こんな経験は初めてだった。

（出て行ったほうがいいよ）

和泉の台詞《せりふ》。あれはひょっとして、このことに関係あるのだろうか。

ぼくはそう考え、内心で首を振った。

たしかに嫌な気分はするけれども。——そう、けれども、グリーンホームの不快感は、そんなものとは別の次元にある。

むしろ不快なのは人間だった。住人、そして悪戯の犯人、あるいは犯人たち……。

7

その日、学校から帰ると、再び無記名の手紙が来ていた。昨日と同じ体裁《ていさい》で、白い封筒に真っ白の便箋。赤黒い指紋までが、同じようについていた。

何も書いてない便箋を、間違って入れてしまったわけではないのだと、ぼくは改めて確認した。無言電話と同じように、明らかにぼくを的にした嫌がらせ。――しかし、なぜ？

何が目的で、犯人はこんなことをするのだろう。

尚子おばさんからの手紙を開封した奴、この手紙を入れていく奴、無言電話の主、それらは全部、同じ人間なのだろうか。それともまさか、別々の？

ただ、これだけは分かる。――これらは明らかに、誰か人間のした悪戯なのだということ。

手紙を握りつぶし、ホールのゴミ箱に放り込んだ。部屋に戻ろうと階段を振り返った。そうして、ぼくは立ちすくんだ。

――まるで階段に絨毯を敷いたようだった。黄色の絨毯。

ぼくは黄色いチョークの線を踏みながら、二階へ登る。階段の一段目から、どの段にもびっしりと落書きをしてあった。踊り場を回りながら、二階を振り仰ぐ。

ぼくは一瞬、ぎょっとした。

二階の、階段を上がったところに、男の子がしゃがみ込んでいた。背中を向けているので顔は見えない。ただ、黄色いスモックのような服を着た小さな背中だけが見えた。

二階と三階の階段の前は、少し広くなっている。小さなホールという感じだ。おそるおそる階段を登ると、その広くなった場所に子供がしゃがんで、熱心に黄色いチョークを動かしていた。

その床のほとんど全面が、チョークの粉で黄色く染まっている。

その子が描いた落書きは、きっちり壁から壁——というよりも、廊下の片側はコンクリート製の手摺《てすり》なのだが——まで、床を埋《う》めつくすようにして広がっていた。

男の子は二階の廊下のほうを向いている。どうやら男の子は、この絨毯を二階の廊下いっぱいに広げるつもりらしかった。

ぼくは二階の、階段を登りきったところで立ち止まった。しみじみとその絵を見つめる。

線と線とが重なって、はっきりした形は分からないけれども、それでも人間がうじゃうじゃ描いてあるのは見て取れた。

ぼくはその、いかにも幼くデフォルメされた人の形に微笑《ほほえ》みかけたが、すぐに顔を強張《こわば》らせた。そこに描かれているのは、尋常《じんじょう》の人間ではなかった。

　ある人間には腕がなかった。腕の代わりに肩から激しい線が放射状に描かれている。黄色の線では理解しにくかったが、どうやら血が噴き出している様子らしい。その人間は呻《うめ》くように顔を歪《ゆが》めて、もう一方の残ったほうの手を頭上に掲《かか》げていた。別の人間には足がなく、ある者には胴の半分がない。ちぎれた首や、足や腕、そんなものが血を噴き出しながら散乱していた。

（なんだよ、これ……）

　人間の上にのしかかるように、車や電車が描かれているものもある。車輪のあたりに切断された腕が飛んでいたりする。

　包丁や棒のようなものを持った人間も描かれていた。その人間でさえ、身体《からだ》のどこかから血を噴き出していた。

　様々な形で血を流す人間たちが、折り重なるようにして描かれていた。線同士が重なって床を黄色く染めるほど。空白というものは、ほとんど存在しなかった。

　ぼくは気味の悪い思いで、通路にしゃがみ込んでいる子供を見た。男の子は子供特有の熱心さで、ひたすらチョークを動かしている。

　足を踏み出すのは、少しばかり勇気が要った。ぼくはスニーカーの下に無数の死体を踏んで男の子のほうに近づいた。おそるおそる歩み寄っていっても、男の子は顔も上げなかった。その子の背後から手元を覗き込むと、黄色いチョークを握った手が、丁寧に絵を描いている。

人間の腕が描かれたところだった。

ゴム製の人形のように湾曲した腕は、先に人間の首を持っていた。切断された首は切り口のあたりから、血を放射状に噴き出している。

首を持った人間の足元には、別の人間が横になって描かれていて、その人間に首はなかった。首を持ったほうの人間(——殺人者?)の、もう一方の手には、包丁みたいなものが握《にぎ》られている。そうして、その殺人者の腹にも別の刃物が突き立っていて、そこから激しく血が流れているのだ。

ぼくは一瞬、声を(なんだって、こんな絵を)かけようかと思った。しかし、とても実際に口を開く気になれなかった。

ぼくはそのまま踵《きびす》を返し、三階に向かって階段を駆け登った。

足を早めて、半ば走るようにして部屋に帰った。狭い玄関に逃げ込み、ドアを閉めてようやくホッとした。

（ここの子供だろうか……）

このグリーンホームに住んでいるのだろうか？　七号室の加川さんのところには赤ん坊がいるようだ。子供がいても不思議はない。

けれどもあの絵は異常だと思った。異常な絵を描き続ける情熱は、もっと異常だ。

なんとなく背筋が寒くて、気を引き立てるように頭をひとつ振った。それと同時に電話が鳴り始めた。

ぼくは迷い、留守電の応答が始まる前に、結局、受話器を取った。

当然のように電話は無言だった。何かの音だけが途切れ途切れに続いていた。

ぼくは一言も口をきかないまま受話器を置いた。

置いたとたん、電話の向こうでしていた音が、何かが滴《したた》る音なのだと気づいた。

（水の音……）

無言電話の背後で鳴り続けていた音は、水滴が硬いものを叩《たた》く音に違いなかった。

第三章　足　音

1

その翌日、ぼくが学校から戻ると郵便受けに手紙が見えた。

切手がない。住所もない。差出人の名前もない。

ぼくは一瞥《いちべつ》するなり、封も切らずにそれをゴミ箱に放り込んだ。

いつまでもこんな悪戯《いたずら》に振り回されるのは御免だ。こんなもの、気にしなければいいことだ。——そう決心して、部屋に帰ろうと振り返ると、階段のところに和泉《いずみ》が立っていた。

和泉は微笑《わら》って手を挙げる。

「おかえり。学校、どう？」

「……べつに。普通」

ぼくは投げ出すように答えた。

関わり合いにならない。手紙にも電話にも、こいつにも。

改めて決心して二階に登ろうとして、ぼくはふと足を止めた。

「和泉、お前、どこの高校？」

和泉は少し複雑そうな顔をした。そうしてすぐに正体不明の笑みを浮かべる。

「同じ学校かもしれないね」

（ムカつくしゃべり方をする奴《やつ》……）

そう思ったが顔には出さず、ぼくは和泉を無視して二階へ登ろうとした。

すれ違いざま、和泉はぼくに言った。

「浩志《ひろし》、ここにいないほうがいいよ」

ぼくは振り返る。和泉を睨《にら》んだ。無視したかったが、できなかった。

「どういう意味だよ、それ」

「べつに……。ただ、浩志は気に入られたみたいだから」

「誰に」

突き返すように訊《き》くと、和泉は困ったように俯《うつむ》いた。ひと呼吸のあいだ、返事を待ったが、和泉は口を開かなかった。

「どういうつもりだか知らないけど、おれに嫌がらせしたってムダだからな」

なんだか急速に、手紙も電話もこいつの仕業だという直感が育ちつつあった。

「……ぼくじゃ、ないよ」

和泉は階段の三段ほど下からぼくを見上げた。その表情がすがりつく子供みたいで、かえって腹が立った。

「なんでもいいけど、変なことを言うの、やめろよな」

「本当に、ぼくじゃない」

見上げてくる目を無視して、ぼくは階段を登った。登る間じゅう、和泉の視線を感じていたが、故意に無視した。

(変なやつだ……)

(嫌な感じ……)

階段はいつの間にか掃除されて、もとのアイボリーを取り戻していた。

(おじさんも大変だな)

そんなことを考えながら階段を登りきる。ふと視線を投げて、ぼくは立ち止まった。

階段の前の床には問題なかった。昨日あの子がしゃがみ込んでいたあたりにも問題はなかった。

その先の、二階の廊下が黄色く塗りつぶされていた。

2

二階の廊下の手前から、廊下の幅をいっぱいに黄色くして、その落書きはもつれ合いながら五号室の前、ちょうど廊下の半分まで続いていた。まっすぐに延びた廊下に、人影はない。あの子はすでに帰ったのだろうか。

なんとなくぼくは歩いてみる。気味の悪い地獄絵図を踏んで、五号室の前まで行ってみた。五号室には「高村《たかむら》」と表札があがっている。ちょうどそのドアの寸前で落書きは終わっていた。

ひとつだけ、はみ出した絵があった。ドアの前に一体だけ、ぽつんと離れて死んだ人間の絵が描いてある。その絵は他の絵とまったく重なっていなかったので、ひどく強い印象を残した。

トラックらしき車が描いてあった。その荷台の幌《ほろ》だかコンテナだかの屋根から人間が上半身を出していた。人間は驚いたように――あるいは、救いを求めるように両手を挙げていて、荷台と重なった胴のあたりから放射状に血を噴き出している。

事故の様子を描いているらしい、ということは分かった。

(どうして荷台の屋根に人が乗っているんだろう)

なぜ、上半身だけ。普通トラックの荷台にサンルーフはないと思うが。

思いながら見つめ、ぼくは唐突に気づいた。

(これは上から見た絵なんだ)

つまり――横倒しになったトラックと、それに挟まれて死んだ人間。

絵が稚拙《ちせつ》なだけに、その状況の複雑さが際立った。複雑な「死」の状況を描こうとする発想と、それを実際に描いた黄色いチョークの稚拙な線。あまりにもアンバランスな気がして、それでいっそう気味が悪かった。

いつの間にかぼくはボンヤリしてたらしい。急に腕を掴《つか》まれて仰天《ぎょうてん》した。

「……ちょっと!」

派手な感じの若い女の人だった。ぼくの腕を掴んで振り向かせると、眦《まなじり》を釣り上げてぼくを睨んだ。

「これ、あんたがやったの!? どういうことよ!」

「ぼくじゃ、ありません」

慌《あわ》てて手を振ったが、その人は聞いてくれなかった。

「こんな気味の悪い……。悪質よ。消してちょうだい！」

怒鳴《どな》られて、ぼくはムッとする。乱暴に腕を振りほどいた。

「ぼくじゃないって言ってるでしょ」

突然、平手が飛んできた。ぼくはあまりのことに反応することができなかった。横っ面をひっぱたかれて、呆然《ぼうぜん》とした。目の前の女の人が、なぜそこまでするのか、理解できなかった。

「消して！　消しなさいよ!!」

彼女は金切り声をあげた。ヒステリーを起こした子供のように地団太を踏んだ。ぼくは、本当に呆気《あっけ》にとられて、ただ彼女を啞然《あぜん》と見ていた。

すぐにバタバタと足音がした。

「高村さん？」

野崎《のざき》のおじさんが階段を駆け上がってくるところだった。

「高村さん、どうしました!?」

女の人は消しなさい、とヒステリックな声をあげ続けている。ぼくは身動きできないまま、そうか、この人が五号室の人なのかと、関係のないことを考えていた。

野崎さんは駆け寄ってきて、足元を見て飛《と》び退《の》いた。

「こりゃあ……」

そう呟《つぶや》いて、廊下を見回す。高村さんはおじさんの襟首を摑んだ。

「あの子が描いたのよ！　消させてちょうだい!!」

「――ぼくじゃありません！」

高村さんに身体《からだ》を揺すられながら、おじさんはぼくに向かって、まぁまぁとなだめるような手振りをした。それから高村さんの肩を叩《たた》く。

「なんでもない悪戯ですよ。――いいや、彼じゃないです。荒川《あらかわ》くんは最近、越してきたばかりなんで」

高村さんは悲鳴をあげた。泣いているようだった。

呆然としたままのぼくに、野崎さんは手を挙げる。目線で階段を示して、行きなさい、と口を動かした。

ぼくはようやく足を動かした。ボンヤリとおじさんに頭を下げ、消してちょうだい、と駄々をこね続ける高村さんを見やってからその場を離れた。

三階に上がり、部屋に入るまで、高村さんの甲高《かんだか》い声が聞こえていた。

3

ぼくは部屋に入り、しみじみと頰《ほお》を撫《な》でた。バスルームに行って洗面台の鏡を見てみると、微《かす》かに赤くなっていた。

（……普通じゃない……）

信じられない。たかが落書きが（尋常なものじゃないけれど）いったい、なんだというのだろう。

なんだか息が詰まってしようがなくて、バスルームを出ると、窓を開けた。神社を見るのは嫌だったので、カーテンを閉めたまま手探りで窓を開いた。

（彼じゃないです）

そうとも、ぼくじゃない。あれを描いたのはあの男の子だ。

（荒川くんは最近、越してきたばかりなんで）

野崎さんの言葉の意味が分からなかった。

（またですか）

（しばらく、やんでたのに）

あれを聞いたのはいつだったか。

ひょっとしてあの落書きは、ぼくが引っ越してくる前にも起こっていたことなのだろうか。それもけっこう頻繁《ひんぱん》に。

考え込んでみたけれど、ぼくに分かるはずもなかった。高村さんがどうしてあんなに逆上したのか、それでさえ想像がつかなかった。

なんだかウンザリして横になる。

何かにつけ感じる、嫌な感じ。

開封された手紙、白紙の手紙、無言電語。

落書きを続ける子供。

そのどれもが無関係なようで、同時に何か深い意味でつながっているように思えて、ぼくはひどく困惑した。

(有名だったりして)

ふと後藤《ごとう》の台詞《せりふ》が耳に蘇《よみがえ》った。

(出るって)

ぼくは苦笑して頭を振った。

たしかに奇妙な——気味の悪い場所ではあるけれど、ここは幽霊屋敷ではない。それだけは断言できる。

ただ、ひょっとしたら、誰か途方もなく悪意に満ちた人物がいるのかもしれない。

それだけだ。


いつの間にかぼくは眠ってしまったらしい。目が覚《さ》めてみると部屋の中は暗くて、開けたままの窓からカーテン越しに、肌寒い風が吹き込んでいた。時計を見ると、夕飯には少し遅めの時間だった。

店が閉まらないうちに食事をしようと部屋を出ると、ちょうど廊下に踏み出したところで隣《となり》の部屋のドアが開く音がした。なんの気なしに視線を向けると、大林《おおばやし》さんの部屋に女の人が入るところだった。ボーイッシュで、ちょっと派手な感じの女の人だ。ドアを支えるようにして廊下に立ち、彼女を中に促《うなが》していた大林さんがぼくを見た。会釈すると、大林さんはぼくを睨みつけた。ずいぶんと悪意のこもった目つきだった。

階段を降りてみると、二階の落書きは綺麗《きれい》に消えていた。

食事を終えて、コンビニで雑誌を立ち読みしていたら、後ろから肩を叩かれた。

「よお、荒川」

振り返ると後藤だった。

「……ああ」

「買い物か？」

言って後藤は、ぼくの読んでいる本を覗《のぞ》き込む。なんとなく話をする気になれなくて、ぼくは後藤の視線を断ち切るようにマンガ雑誌を閉じると、レジをすませたばかりのビニール袋を持ち上げた。

後藤が、きまり悪げに瞬《また》く。

「ひょっとして、おれ、気ぃ悪くさせたかなあ」

「何を」

「変な話、してさ。……お前、じつはそういうの、気にするタチ？」

いかにも申し訳なさそうに言われて、ぼくは首を振った。雑誌をラックに戻しながら、なんとなく後藤を避けてしまったのは、そういうわけだろうかと思った。

「いや。――おれ、そういうの信じてないんだよな」

ぼくが笑うと、後藤は困ったような、照れたような複雑そうな感じで笑った。

「そっか？　おれは、けっこう好きなんだけどさ」

「へえ？」

　ぼくの声に後藤は、はにかんだように笑って、それから内密の話でもするみたいに真面目な顔をした。

「お前さ、ひとりで気味悪くないか？」

　ぼくは首を振った。悪戯や嫌な気分や、感じの悪い住人や、そんなものは一旦、忘れることにした。

「べつに。……タイクツだけど。でも、そんなに悪い気分じゃないかな。ひとりだと勉強しろって言う人間もいないしさ」

　いいなあ、と後藤は、これは本当に羨《うらや》ましそうに言う。それからまた、照れたように笑ってそっと身を乗り出してきた。

「あのな……ちょっと、中、覗いてもいいか？」

「中？」

　少し首をひねって、すぐにぼくは納得する。

「ああ、グリーンホームの？　いいぜ、コーヒーくらい飲んでけよ」

4

後藤は路地を入ったところから、えらく興奮した様子で、さかんに周囲を見回していた。なんでもなさそうなことにいちいち目を留めては、ああだこうだと寸評を口にする。怯《おび》えているふうではなくて、むしろ楽しげだったから、単に「御近所の名所」に入ったのが嬉しかったのかもしれない。

それも玄関を入り、階段を登る段になると「意外に普通だなあ」の連発になり、部屋に入ると、今度は盛んに一人暮らしを羨ましがった。

「けっこう新しいじゃないか。わりと広いし」

後藤はしみじみ部屋を見回して言う。部屋そのものが広いわけではないのだけれども、ぼくは道具をあまり持たないし、ベッドも置いてないので、部屋はたしかに広々として見える。

インスタントのコーヒーを淹《い》れてやると、後藤は軽く手を挙げた。カップをふたつ買っておいてよかったと、ぼくはつまらないことを考えている。

「いいよなあ。親が勝手に入ってくることもないいし。これだけまるまる、自分だけのもんだもんなあ」

「まあな」

「けど、ぜんぜん、普通だなあ」

なんだか残念そうに言うのがおかしかった。

「だろ？　変な物音もしないし、変な形のシミもない。ついでに言うなら、金縛《かなしば》りの経験もない」

ぼくが言うと、後藤はちょっと不満そうにする。

「お前がそういうの、感じないだけかもしれないだろ」

「うーん。かもなあ」

幸か不幸か、ぼくは今日まで幽霊も人魂《ひとだま》も見たことがない。

「……なあ。そんなにここ、有名なわけ」

ぼくが訊くと、後藤は頷《うなず》く。

「おれ、中学んとき越して来たんだけど、真っ先に言われたもんな。幽霊屋敷があるぞって。——こんな話して気味悪くねえ？」

答える代わりに、ぼくは肩をすくめてやる。

「実際に見た奴を知ってるわけじゃないんだけどさ。けど、ここって実際、葬式多いらしいぜ。なんか、引っ越す奴も多いらしいし。人が居着かないので有名なんだ」

「噂《うわさ》だろ」

「まあな。子供の幽霊とか、出るって話」

「……ふうん」

相づちを打ちながら、ぼくは「子供の幽霊」という台詞を妙に印象に残していた。

「おれが越して来たとき、ここってまだ『緑荘』っていうアパートだったんだよな。それ、大して古くなってる様子もないのに骨組みだけ残して取り壊されたんだ。不幸が続いて、住人いなくなって、それでだって」

緑荘――ハイツ・グリーンホーム……。

「子供の幽霊って、どういうの？」

ぼくはなんとなく訊いてみた。

「小学校くらいの男の子だって。なんか、悲鳴をあげたり廊下を逃げ回ったりするのが見えるらしいぜ」

「ああ――へえ」

ぼくは軽く笑った。幼稚園児でもないし、落書きも関係ない。つい怪談話を真に受けそうになった自分がおかしかった。

「あ、信じてないだろ」

後藤に軽くねめつけられて、ぼくは慌てて手を振る。

「そういうわけじゃ、ないって。……それよりさ、こっちに」

窓を指さして、ぼくは訊いてみた。

「神社、あるだろ。あそこってなんかねえの」

後藤はキョトンとした。

「お稲荷《いなり》さん？……べつに聞いたことないなあ。――なんで？」

ぼくは苦笑する。

「べつに意味はないけど。あっちのほうが、らしいだろ」

ぼくがそう言うと、後藤は首を傾けた。

「そうかなあ？――あそこ、上のほうがけっこう広くてさ、公園みたいになってるんだ。三角ベースするくらいの広さがあって。よく遊びに行ったけど、べつにそういう話は聞かないなあ」

そうか、と相づちを打ちながら、ぼくは内心で首をひねっていた。あの神社は、近所の子供にとって親しみやすい遊び場なわけだ。――なのに、ぼくはどうして、その場所をあんなに嫌だと感じるのだろう。

十二時前、後藤はまたな、と言って帰っていった。気味悪くて寝られなかったりして、と後藤は茶化したが、ぼくは笑って首を振った。

それから少しして、ぼくがいよいよ寝ようと思っていると、いきなり電話が鳴り始めた。

布団の中に潜り込んで本を開いていたぼくは、思わず舌打ちをした。

部屋に入ってきた後藤に、電話線が抜けている、と指摘されて、モジュラー・ジャックを戻したのを忘れていた。

電話の呼び出し音は意味もなく人を急《せ》き立てる音色をしている。それを無視するのは、かなりの苦痛だったので、ぼくはウンザリしつつも受話器を取った。黙ってそれを耳に当てる。もしもし、と言う気も起こらなかった。

電話の相手は、やはり喋《しゃべ》らなかった。それでぼくも黙ったまま電話を切った。切ったとたん、また鳴り始める。もう一度だけ電話に出た。無言電話の主に短く言ってやる。

「いいかげんにしろよな」

反応はない。——もっともぼくだって、反応があるなんて、ハナから期待していなかった。電話の向こうでは、何かが滴《したた》る音だけが続いている。

ぼくが電話を切ろうとしたときだった。

電話の主が初めて喋った。

『……五日』

（なんて言った？）

問い返す間もなく、相手は喉《のど》の奥に何かが引っかかるような声で笑って、電話を切ってしまった。男の声とも女の声ともつかなかった。年の頃さえ分からない。ひどく音程の狂った、軋《きし》むような音色の声だった。

「……五日……？」

ぼくは思わずカレンダーを見た。今日は九月二十七日。来月の五日のことだろうか。

それとも、五日後という意味だろうか。「五日」、それがなんだというのだろう。

電話が無言なのには慣れたのに、喋ったことには動揺した。

「五日」の意味を取りかねて、ぼくはなかなか眠りにつけなかった。

5

翌日、昼休みに例によって後藤たちと教室で喋っていると、クラスの三日月《みかづき》が知らない奴を連れてきた。

「荒川ぁ。——こいつが金子《かねこ》」

（金子？）

三日月の、既知《きち》の人間を紹介するような口調に首を傾《かし》げ、そういえば、三日月と同じクラブにいる奴が、ぼくのいた小学校の出身だと言っていたのを思い出した。

同じ小学校なら、クラスメイトだった可能性がある。そう思ってしみじみ顔を見てみたけれども、金子という奴は全然ぼくの知らない顔をしていた。金子も同様なのだろう、首を傾げている。

三日月はべつに、金子をぼくに引き合わせてどうこうしようという意図があったわけではなく、単に一緒に昼飯を食べようと引っ張ってきただけのことのようだった。

名前を言ったきり、それ以上何を言うわけでもなく、一緒にパンをかじりながら、他愛もない雑談をした。

それでもぼくは、雑談に加わりながら、ちらちらと金子のほうを見ないではいられなかった。

金子は嫌なタイプの奴だった。どこがどう、というわけではないのだけれども、単にとても気が合いそうには思えなかった。それでぼくはあえて話しかけたりしなかったし、むこうもそれは同様らしく、時折、窺《うかが》うような視線をよこすばかりで、ぼくに何かを言ってくるわけでもなかった。ぼくたちは特に会話をしないまま昼食を終えた。

「そういや、金子じゃなかったっけ。荒川が小学校、一緒だったのって」

木村《きむら》が思い出したように言って、金子が頷いた。

「そうらしいな。——荒川、だっけ。クラスは？」

「三年の……何組だったかな」

あまりに転校が多かったので、記憶がごちゃまぜになってしまっている。

「たしか、音楽の先生が担任じゃなかったかな。わりに若い、女の」

言って、ぼくはふと、その教師の顔をはっきりと思い出す。細面の、綺麗な感じの人だった。どういうわけか、額《ひたい》に手をあてて泣いている顔を妙に鮮明に思い出した。

金子はポカンとした。

「滝《たき》？　滝先生？」

「あ、そうだ。タキ先生」

「三年だろ？　だったらおれと同じクラスだ、お前」

ぼくは驚いてしまった。

「まじ？　ごめん、おれ、覚えてねえや」

「おれも――。いや、お前、下の名前、何てえの？」

「浩志」

ぼくが言うと、金子はパッと顔をほころばせた。

「ヒロシ！　思い出した！」

「おれ？」

「お前。覚えてないかな、おれのこと。一回、一緒にウサギ当番やったことある」

（ウサギ？）

「ちょうど、ウサギが病気してさ、当番みんなで順番に家に連れて帰って」

ぼくは記憶を引っかきまわした。そういえば、そんなことがあった。真っ白ではなく、白黒ブチのウサギだった。けっこう大きな小屋があって、ニワトリとか文鳥なんかと同居してた記憶がある。そんな動物の世話をする係が、ウサギ当番だった。

（――金やん？）

記憶の中にある子供の顔と、金子の顔が重なった。思い出してみると、金子はサイズが変わっただけで、面影は少しも変わっていなかった。

「金やんか、お前?」

「そう! ヒロシ、けっこう変わってないなあ」

「お前、えらくデカくなったな」

金子は略して「金やん」と呼ばれていた。ぼくとはうんと仲がいい、というわけではなかったが、それでもけっこう一緒に遊んだのを覚えている。

家はわりに離れてて、外で遊ぶときには「ヘンキョウ」で会うのがもっぱらだったと思う。「ヘンキョウ」――「辺境」は、学区の端のことだった。そのあたりはまだ、田圃《たんぼ》や空き地や、秘密めいた林が多くて――。

そこまで思い出して、ぼくは突然、猛烈な嫌悪感に襲われた。

なんだろう、この感じ。ちょうどあの路地や神社に感じたような。いや――もっとひどい。とてつもなく嫌な感じ。

きっとぼくはひどく変な顔をしていたのだろう。金子だけでなく、周りにいた他の連中もいっせいに妙な顔をしてぼくを見た。

ぼくは金子を見る。金子はぼくを見る。その視線に嫌なものを感じる。

よくは覚えていない。でも——ひょっとしたら、ぼくは金子とケンカをしたことがなかったろうか？　それも、ものすごく後味の悪いケンカを。

（会いたくなかった）

そんな気がした。二度と会いたくないと思っていた人間に会ってしまった気が。

金子は、ふいに険しい表情をして顔をそむけた。ぼくも、金子から目を逸《そ》らした。

思い出せない。——それでも、ぼくにはこれだけは分かる。ぼくらはかつてそこそこに仲がよかったが、どこかで重大ないさかいを起こした。もう二度と会いたくないと思うような。

金子が立ち上がった。そそくさと手を挙げて、席を離れる。

「んじゃ、また」

そう言って教室を出て行ったが、金子もぼくを嫌がっていることを、なんとなく感じた。

去っていく金子の後ろ姿を見ていて、ぼくはさらに思い出した。

グリーンホームのある、神社のあるあのあたりは、ぼくらが「辺境」と呼んでいた、まさしくその一帯だったことを。

6

ぼくは学校からの帰り、バス通り沿いに、またもてくてく歩きながら考えごとをした。

小学校の三年生。クラスは二組か四組だった気がする。担任は音楽の滝先生。クラスには金やんがいて……。

クラスメイトの顔、名前、一緒にした遊び、クラス行事。詳しいことは思い出せなかったが、それでも漠然としたイメージを覚えている。いつも一緒に遊ぶグループがあって、よく「辺境」へ遊びに来た。けっこう仲はよかったが、今から思い出すと——金子も含めて——全員が嫌な奴だった気がする。

はっきりとは思い出せないのだけど……。

ふと気づくと、神社のある丘の麓《ふもと》にさしかかっていた。

バス通りは丘の周囲を半周するように通っている。ぼくは麓まで来て、なんとなく丘を見上げた。

（ここが「辺境」なら……）

丘を見上げ、形を視線でなぞる。

（ぼくはここに来たことがあるんじゃないだろうか）

子供がこういう遊び場を見逃すとは思えなかった。そうでなくても、ちょっと妙な雰囲気のある場所だ。覚えていても不思議はない。ぼくは記憶を探ったが、神社のことは思い出せなかった。

丘にはうっそうと木が茂っていた。どことなく荒《すさ》んだ感じの雑木林で、ちょっと散歩には向きそうになかった。

ふと足を止める。バス通りから細い道が丘の麓に沿って延びていた。その道を少し行ったところに、神社へ上る石段が見える。二、三人の子供が、はしゃぎながらその石段を駆け登っていくところだった。

子供たちにつられるように、ぼくはその石段の下まで歩いてみた。

古い石段は斜面をゆったりと折れながら上へと続いているようだった。頂上までの見通しは利《き》かない。石段の登り口には、狐《きつね》の形をした狛犬《こまいぬ》（狛狐と言うのだろうか？）と、すっかり退色した鳥居が立っていた。

やはり見覚えはない気がした。

鳥居に切りとられたフレームの中、重たげな緑の下を、ゆるやかにカーブして上る石段。好き放題に伸びた枝は左右から覆《おお》い被《かぶ》さり、石段の上で重なり合って、完全に上空を閉ざしてしまっている。低い階段状に並べられた濃い灰色の石は、その樹木の影に染まって、深い灰緑に見えた。まるで緑のトンネルのよう。──あるいは、緑色をした巨大な生物の内臓のよう。

（カイジュウのナイゾウ……）

──突然、ぼくはパニックを起こした。

理由は自分でも分からない。我ながら怖《お》じけて身を翻《ひるがえ》し、つんのめるようにして走ってバス通りへと逃げ出した。その後を、あらゆる負の感情が追いかけてきた。予感（何か悪いことが）、嫌悪（とても嫌なことが）、不安（この場所）、恐れ（気味が悪い……）。

走って走って、息が上がって足がもつれて、ぼくは歩道に膝《ひざ》をついた。

通行人が振り返る。変な目で見られているのは分かっていたが、ぼくには即座に立ち上がることができなかった。

膝について上体を支えた手がガタガタ震えていた。

（なんだろう……）

何なんだろう、この、途方もなく嫌な感じ。あそこは嫌だ。グリーンホームの比じゃない。誰になんと言われても、あそこへ行くのは二度と嫌だ。

胸の中にブラック・ホールほども重い、苦いものが沈んでいる気がした。

それは恐怖であり、不吉な予感であり、苦い感情であり、深い嫌悪であり、切迫した不安だった。

ようよう立ち上がり、背後を振り返る。小高い丘が、夕暮れの空に濃い緑のシルエットを浮かべていた。

二度と行かない。

ぼくは絶対に、あそこへ行かない。

そう思ってから、ふと、いつかどこかでこれと同じ決意をしたことがあるような気がした。

7

疲れた足を引きずってグリーンホームに帰ると、路地の入り口のあたりに何人かのおばさんが溜《た》まっていた。

すみません、と声をかけ、人垣を割って路地に入ると、彼女たちはひどく意味ありげに、ぼくを見た。

(何だろう……)

振り返ると、彼女たちはさりげなく視線を逸らす。

(嫌な感じ……)

そう思いながら、路地を玄関に向かって歩いた。


玄関の中でも異変が起こっていた。常には無人のホールに、三人の女の人が集まって立ち話をしていた。その中に高村さんの姿はない。ひとりだけ見覚えのある顔は、加川《かがわ》さんの奥さんだった。

ぼくが軽く会釈をすると、三人も頭を下げる。そして、中のひとり、いちばん年上ふうの女の人が、ぼくのほうに歩み寄ってきた。

「あなた……荒川くん？　九号室の」

「ええ。そうですけど……」

答えながらぼくは無意識のうちに郵便受けを開いていた。中に手紙が見えた。例の手紙だ。他人の目の前で捨てるわけにもいかず、ぼくはそれをとりあえず畳んで制服の胸ポケットにしまった。

「あなた、昨日落書きを見たんでしょ?」

女の人は、いきなりそんなことを訊いた。野崎のおじさんか高村さんに聞いたのだろう。

「ええ。見ましたけど……?」

(何なんだ……?)

「高村さん――五号室の前?」

ぼくは頷いた。

「そうですけど、それが何か……」

言いかけてぼくは慌てて言い添えた。

「ぼくじゃありません」

女の人は手を振った。

「分かってるわよ。それより、どんな絵だったか見たんでしょ?」

ぼくはとりあえず頷いた。訊かれるまま落書きの様子を話した。いつの間にか他のふたりも側《そば》に来ていた。

ぼくの話を聞き終わると、三人は顔を見合わせ、頷き合う。

「やっぱりねえ……」

「嫌だ……引っ越そうかしら」

「気持ち悪い話よねぇ」

そんなことを口々に言い始めた。

「あの——何か？」

訊くと、加川さんが口を開いた。

「高村さん、亡くなったの」

——え？

問い返そうとしたら、年長のおばさんが加川さんを肘《ひじ》で小突いた。慌てたように彼女は口を閉ざした。三人はそそくさとぼくの側を離れ、一階の廊下を奥のほうへ向かっていった。

（……死んだ？）

高村さんには一度しか会わなかった。印象深い、けれども最低の出会い方をした。

その人が死んだというのは、ひどく対応に困る事態だった。

ぼくは割り切れない気分で部屋に戻った。少ししてから思い出して、手紙をゴミ箱に捨てた。

この奇妙な出来事の意味が分かったのは、翌日、学校に行ってからだった。

朝、学校に行くと、後藤が真っ先に声をかけてきた。

「グリーンホームだろ、人が死んだの」

「ああ、らしいな」

ぼくは頷く。後藤は身を乗り出した。

「やっぱ、何かあんじゃねえの。普通じゃないぜ」

「何が？」

訊き返すと、後藤は目をパチクリさせる。

「詳しいこと、知らねえの？」

「うん。テレビも持ってないし、新聞も取ってないからな」

「女が死んだんだろ」

後藤は声をひそめた。

「横転したトラックの下敷きになって」

8

後藤は一日じゅう、普通じゃない、を繰り返していた。

たしかに普通じゃない。

横転したトラックの下敷きになるなんてこと、めったにあることじゃない。けれど、問題はそのことじゃない気がした。それよりもっと普通でないのは、あたかもその事故を予言したかのような、あの落書きのほうだった。

土曜の授業は昼で終わり、ぼくは不安な気分でグリーンホームに帰った。帰るのは嫌だった。自分でも不思議なほど、あの建物が怖《こわ》かった。けれどぼくには、あそこより他に帰る場所がない。あそこがぼくの「家」なのだから。

路地にさしかかると、いつものように嫌な気分がした。「家」に帰った安堵《あんど》感なんて、欠片《かけら》ほどもなかった。

（ここはぼくの「家」じゃない）

「家」はぼくを安堵させてくれるはずだ。ぼくを守ってくれるはずだ。

（ぼくの「家」はどこにもない）

ひどい喪失感に苛《さいな》まれながら足早に路地を抜け、玄関に入ると、ただ習慣で郵便受けを覗き込んだ。

手紙が二通入っていた。

一通には差出人の名前も、切手もなかった。もう一通は女文字。極端な右上がりの。

ぼくは溜《た》め息《いき》をつく。電話のジャックと同じように、郵便箱も引き抜いてしまいたい気分だった。

「手紙？」

ふいに後ろから声をかけられた。ぼくはもう一度、溜め息をつく。

無視しよう、こいつも、電話も。全部の人間を完全に無視してやる。

「浩志？」

呼ばれてムッとする。ぼくは後ろを振り向いた。階段のところに和泉が立っていた。

「気安く呼び捨てにしないでくれるか」

ぼくが言うと、和泉は慌てたように俯いた。例によって物怖じしたように、わずかに退《さが》る。

「……嫌だよね、やっぱり」

その声が落ち込んでいるみたいで、ぼくはちょっと怪訝《けげん》に思う。

「普通、しないだろ、そんなことは」

「嫌？」

和泉は顔を上げてぼくを見る。犬かなんかみたいな目だと思った。

(悪意はなさそうなんだけど……)

「嫌だね」

言うと、和泉は傷ついたようだった。

「……うん。普通、嫌だよね……ごめんなさい。一度、そう呼んでみたかっただけなんだ。嫌だったらもう、しない」

だから怒らないで、と本当に泣き出しそうな顔をした。比喩でもなんでもなく、懸命に瞬《まばた》きして涙をこらえている様子で、ぼくは思いっきり困惑してしまった。

(こいつ、ネジがゆるいんじゃないか？)

ぼくには全く、和泉の精神構造が理解できなかった。

関わり合いにならないのがいちばんだと、ぼくはそそくさと階段を上がる。和泉は、脇をすり抜けようとしたぼくの腕を掴んだ。

「何だよ」

我ながら凄《すご》むような声になった。和泉は熱いものに触れたように手を放した。

「……あの、……引っ越しはしないの」

ぼくは思わずカバンを床に叩きつけてしまった。

「いい加減にしろよな!」

怒鳴ると、和泉は怯えたように退る。

「どういうつもりだ、え? そんなにおれをここから追い出したいのか? 出て行ってほしいんなら嫌がらせなんかしないで、そう言えよ!」

なんだか、悪戯も嫌な気分も住人の死も、何もかもがこいつのせいだという気がしてならなかった。正直ぼくはウンザリしてる。喫茶店でテーブルを替えるノリで出て行けるなら、ぼくだって今日にでも出て行きたいくらいだ。

和泉は身を縮めたまま、ひどく悲しそうな顔でぼくを見た。

「ぼくは何もしてない。忠告なんだよ、これは。……その手紙も、開けないほうがいいと思うよ」

泣き出しそうな顔で和泉は言う。なんだかこっちがいじめてるみたいで、ぼくはかえって気が立った。

カバンを拾って階段を登る。

「荒川……くん」

ぼくは和泉を無視した。つきあってられない、というのが本音だった。

9

ムシャクシャした気分で部屋に戻る。空気を入れ換えたくて窓を開けたが、正面に丘が見えてすぐに閉めた。

（どうして……あんな神社くらいで……）

ここに越してきて以来、ぼくは変だと自分で思う。いったい、何がどうして、ぼくはこんなに不愉快な気分でいるんだろう。

イラついた気分のまま手紙を開封した。先に尚子《なおこ》おばさんの分を開封にかかって、ぼくは呆《あき》れ返った。その封筒はいつかのように、きちんと鋏《はさみ》で開封されていた。

もう一通の手紙のほうには異状がない。すると、この手紙を放り込んだ奴が、開封の犯人なんだろうか。

とりあえず便箋を取り出して広げた。電話をしても通じないので手紙にした、とあった。近況を報告しなさい、電車で一時間もかからないのだから、日曜には帰ってきなさい、早く機嫌を（機嫌！）直してください、お母さんと呼ばなくていいです、親友になりましょう――。

ばかばかしくなって、手紙をゴミ箱に放り込んだ。無性《むしょう》に腹が立った。

ぼくは母親を亡くし、父親と決裂し、家をなくした。――もちろん、ぼくが家をなくしたのは、尚子おばさんのせいじゃない。尚子おばさんは、ぼくの父親と結婚をしただけだ。ぼくから家を取り上げるつもりなんか毛頭なかったのだし、家をなくしたくなかったのなら、ぼくは尚子おばさんと歩み寄る努力をするべきだったのだ。

実際、ぼくはそもそも、決して尚子おばさんが嫌いではなかった。少なくとも、母親が生きている頃には、口煩《くちうるさ》い母よりも、話の分かる尚子おばさんのほうが好きだったし、いつも綺麗《きれい》に化粧をして颯爽《さっそう》とした尚子おばさんと母親を比べて、尚子おばさんが母親だったら良かったのに、と思ったことだってないわけじゃなかった。――けれども、そうであったら良かったのに、と思い描いていることと、それが現実になることは、決して同じことではない。

少なくとも、ぼくにとっては同じではなかった。母が死んでから父親が再婚するに至るまでのいきさつは、ぼくをすっかりそういう気分にさせていた。

これがもっと違う形だったら、ぼくは尚子おばさんを受け容れられたのかもしれない。あるいは、本当に親友のような母子になれたのかも。けれどもぼくは、尚子おばさんの嫌な面をまとめて見せつけられた気分だったし、それまで好きだったからいっそう、裏切られたように感じていた。――そしてそういう尚子おばさんよりもなお、ぼくにとって腹立たしかったのは、父親の態度だった。

ぼくは父親の人もなげな振る舞いに腹が立った。そんな父を諫《いさ》めるどころか、共犯者である尚子おばさんに腹が立った。それで父親と大ゲンカをして家を出たわけだけれども、家をなくしたくないのなら、もちろんそんなことをすべきではなかったのだ。

(そんなことは、分かってる)

ぼくは家をなくしたのじゃない、自分から家を捨ててきたのだ。頭ではそう理解していても、ぼくはやはり、誰かの悪意が、自分から寄《よ》る辺《べ》を奪っていったように感じていた。

(でも、……誰が？)

それについて考え始めると、ぼくは決まって焼けつくような苦痛を覚える。

ぼくは父親に、あんなことをしないでほしかった。尚子おばさんに、あんなことをしないでほしかった。家に入ってくるなら、もっとぼくが怒らずにすむような穏当《おんとう》な手順を踏んでほしかったのだし、ぼくが気持ちよく父親の再婚を祝福できるようにしてほしかったのだ。

苦しいのはそれだった。ぼくは結局、父親や尚子おばさんが自分の期待通りに振舞ってくれないことに苛立《いらだ》ち、怒っているのだった。家を出たい、と言ったときにさえ、じつはぼくはそうすることによって、二人が心を改めて、ぼくの期待通りにやり直してくれないだろうかと、心のどこかで思っていたのだった。

ぼくは世界が、ぼくの期待通りに動いてくれることを望んでいる。そうでないことに怒っている。それを当然だというなら、父親や尚子おばさんにも、ぼくに対し、期待通りに動いてくれることを望む権利があるはずだった。けれどもぼくは、二人の期待に応えたくない。むしろふたりの期待を理不尽だと感じて腹を立てているのだった。だとしたらふたりにも、ぼくの期待を理不尽だと感じる権利があるはずで――。

考え始めると、最後には必ず至る堂々巡りに落ち込んで、ぼくは小さく呻《うめ》いた。結局ぼくは、この堂々巡りから逃れたくて、家を出たのだ。忘れてしまえるところに逃げ出したかった。

我ながら自分が、子供っぽいことをしているという自覚があった。にもかかわらず、そういう子供っぽい振る舞いをするしかないところに自分が追い詰められている気がして、それがいっそう苦しい。

ぼくは今、とにかく誰か――気持ち良く話せる誰かと会いたかった。うんと馬鹿な話でいいから、気を紛らわす相手がほしかった。

新しい学校の知り合いは、まだそれほどには親しくない。前にいた学校の知り合いも、そんなに深いつきあいじゃなかった。

ぼくは流浪の民だったので、土地にも人にも深く交わらない癖《くせ》がついていた。よく考えてみると、友達のひとりもいない。

子供の頃は引っ越しの度に、別れる友人たちに行く先の住所を教えた。たいがい何人からか手紙が来て、それで終わりになった。忘れられたことを確認するのが嫌で、そのうちぼくはその住所でさえ言い残さないようになった。

(むこうに着いたら、また連絡するから)

そう、挨拶《あいさつ》だけを繰り返して別れてきた。

なんだかひどく寂《さび》しい気がした。

ぼくは寝ころび、無記名の封筒を手に取った。それがどんな内容であれ、せめて文字が書いてあればいいのに、と思った。目の前にかざしてみる。ぼくは身を起こした。陽に透《す》けて、文字の並びが見えたからだ。

ぼくは封を切った。便箋を引っ張り出す。太い、しっかりした男文字が並んでいた。

『前略。見ず知らずの方に御手紙を差し上げる御無礼、御容赦《ごようしゃ》下さい』

そう、冒頭には書いてあった。ではこれは、悪戯や嫌がらせではないのだろうか。

差出人は簡単に自己紹介をしていた。七十二歳の男性で、家族は遠方に離れ、定年退職してからは独りぼっちの生活をしているとあった。

『人と云うのは孤独なものです。家族と云っても所詮は他人に過ぎません』

孤独という文字が目に染《し》みた。

『近頃では寄る年波の所為《せい》か、腰痛を患《わずら》い厠《かわや》に立つことすら出来ません』

老人は病気で不自由な身辺を語る。

『ひと思いに死のうと思いますが、遺書を書くにも送る相手さえ居《お》りません』

(遺書……?)

ぼくは眉《まゆ》をひそめた。

『其処《そこ》で、せめて見ず知らずの方なりと心中を御聞き戴《いただ》きたく、筆を執《と》った次第で御座います』

これは、遺書なのか――?

『一足先に愛猫を楽にして遣《や》りました』

便箋が落ちた。端に赤い指紋がついていた。先を読みたくなかった。文面を見ないようにして便箋をかき集めた。それでも、一文が目に飛び込んでくる。

『猫を葬《ほうむ》り下さって後、貴方様も私の後を追って下されば』

便箋を両手で丸めた。

（猫を……葬り下さって後……）

（葬り……下さる……）

ぼくは丸めた便箋を投げ出して、部屋を飛び出した。

（葬って後、ではなく……）

一階へ駆け降りる。

（葬り下さって後）

ぼくは自分でも自分の行動に驚きながら、郵便受けを開いた。なんだか理由のない確信があった。不吉な確信が。

（開けないほうがいいと思うよ）

蓋《ふた》を開いて、ぼくは思わずその場にしゃがみ込んだ。

――猫の死体が入っていた。

第四章　蘇^そ生^{せい}

第四章　蘇生

1

情けないことは百も承知で、ぼくは管理人の野崎《のざき》さんに助けを求めた。血だらけのそれは、正視に堪えなかった。

野崎さんは郵便受けを見るなり、またか、と言った。訊《き》くと、ときどき思い出したようにこういう悪戯《いたずら》をする者がいるのだという。

後の始末はやってくれると言うので、ぼくは頭を下げて部屋に戻った。胃液が逆流してくるのを止められなかった。

ぼくは部屋に寝転んで、頭を抱えていた。

どういうことなんだ。何が起こっているんだ。

嫌な気分。無言電話。手紙の開封。白紙の手紙と遺書。猫の死体。不気味な落書き。

住人の死。予言。

誰かの悪意なのだろうか。

(けっこう有名だったりして)

それだけで割り切ることは可能だろうか。

(出るって)

考えは果てしなく堂々巡りした。頭を抱えたまま、ぼくはいつの間にか眠っていた。

目を覚《さ》ますと、あたりは暗く、電話のベルが鳴っていた。

ぼくは頭痛のする頭を振って、それから受話器を取りにかかった。受話器に触れてからそれを持ち上げるまでの短い時間に、二つの疑問が念頭に浮かんだ。

また無言電話なのだろうか、という疑問。

抜いたジャックをいつ戻したのだろうか、という疑問。

最初の疑問の答えはすぐに出た。受話器を耳に当てると、水の滴《したた》る音が聞こえたからだ。

ふたつ目の疑問は疑問のまま残った。

電話の相手は、言った。

『……あと三日』

低い掠《かす》れた声で言って、いきなり切れた。

(……あと三日？)

思ったとたん、ぼくは立ち上がって部屋の明かりを点《つ》けていた。

パッと明るい照明がともる。ぼくはその明かりの中に仁王立ちになった。

(そんなはずはない)

だってぼくは、たしかに電話のジャックを抜いておいた。いつだったか——そう、あれは二日前、後藤《ごとう》の来た日。後藤に言われて抜いてあったジャックを元に戻し、そのせいで、悪戯電話に起こされた。電話の主は初めて喋《しゃべ》った。「五日」とだけ、そう言った。

そしてぼくはジャックを抜いて眠りについた。たしかに、抜いた。それきり電話を繋《つな》いでない。げんに、昨日あの電話を受けた覚えがない。

ぼくは電話機を見る。たしかにジャックは差し込まれていた。放り出したままの受話器から、微《かす》かに回線の音が聞こえている。

ぼくは玄関を振り返った。玄関の扉はしっかりと内側からロックされていた。ドア・チェーンまでが、しっかりかかっているのが見て取れた。

（どうやって……）

歩いて行って、実際に触《さわ》って確かめてみる。たしかに、ふたつの鍵《かぎ》とチェーンの両方がしっかりと内側からおりていた。

眠っている間に、誰かが忍び込んできたわけじゃない。——もちろん違う。いくらなんでも、そんなことがあれば目が覚めるだろう。けれども外出する時には、ぼくは必ず鍵をかける。このところ神経質になっているから、ゴミを出すのにも鍵をかけずに部屋を出るということはない。

（さっき……）

あの手紙を見て、慌《あわ》てて一階に駆け降りた。あの時には鍵をかけていない。その間に、ということはあり得るだろうか？　だとしたら、忍び込んだ人間は、ぼくが部屋を飛び出したことを知っていたはずだけれども、ぼく自身でさえ驚くような唐突な行動を、どうやって知ることができたのだろう。

ドアを開け閉めする音？　階段を駆け降りる足音？

（誰が？　どうやって？）

考えながら玄関に背を向けた。ぼくは自分の目の前に、黒い大きな穴が開いているのに気がついた。

——カーテンが開いていた。窓が、開いていた。
内側から施錠《せじょう》してあったはずの窓。
ここに越してきて以来、一度もこんなふうに開け放したことのない窓が。

2

ぼくはひどく混乱し、とりあえず窓を閉めて施錠した。しっかりとカーテンを閉じ、隙間のないよう布を何度も押さえた。電話機のモジュラー・ジャックも抜いた。部屋にいるのがたまらなく怖《こわ》くて、部屋の外に飛び出した。外から鍵をかけ、何度も確認した。それからグリーンホームを出て行った。

あちこちの喫茶店を転々とし、二十四時間営業の本屋で時間をつぶし、コンビニで時間をつぶした。夜中も三時になると、さすがにもう行く場所がなかった。本屋にもコンビニにもそう何度も行けないし、ましてや二時間も三時間もねばれない。店員に妙な顔をされて、しかたなくぼくはコンビニを出た。店を出た、そこがグリーンホームの路地。

戻りたくはなかったが、他に行く場所がなかった。このときほど安心して眠れる「家」が欲しいと思ったことはなかった。

しかたなく路地に足を踏み出した。踏み出して立ち止まった。

路地の中ほどに子供の姿が見えた。

思わず震えた。こんな時間に子供がひとりで、路地にしゃがみ込んで落書きをしている。ありえないことだと思った。落書きよりも、子供のほうが気味が悪かった。

路地の入り口から子供のいる中ほどまでは、すでに落書きで埋《う》まっていた。見るまでもなく、それが死体の山だと分かる。

ぼくは迷った。部屋に帰るためには路地を通らなければならない。子供の脇を通らなければならないということだ。

（たかだか子供ひとりじゃないか）

そう言い聞かせても脈が上がる。そんな自分が腹立たしくて、あの子と自分の体格差や体力差を思い浮かべて、なんとか自分を奮い立たせようとするのだけど、それでも路地に踏み込む勇気が出ない。一瞬、コンビニの店員を呼ぼうかとさえ思って、あまりに情けなくてさらに腹が立った。

ぼくは入り口に立っていた。子供はしゃがみ込んで落書きを続けていた。

ぼくはプライドを総動員して路地に足を踏み入れた。死体絵図を踏んで一歩進む。わざと足音を立てるようにしたが、子供は振り向かなかった。

ゆっくりと、一歩ずつ子供に近づく。

子供までの距離が半分になったところで勇気がくじけた。

「ねえ」

ぼくは子供を呼んだ。

「こんな時間に、何をしてるんだ？」

我ながら上擦《うわず》った声になった。ぼくの声は狭い路地に反響した。

それでも子供は振り返らなかった。壁に向かってしゃがみ込んで、黙々と腕を動かしている。チョークが走る音が聞こえるような気がした。

さらに一歩進み、もう一度声をかける。

「家に帰らなくてもいいのかな？」

大声で呼びかけながらじりじりと進んだ。

「もう三時だぞ」

子供まで三歩ほどになった。

さらに踏み出す（二歩）。さらにもう一歩（一歩）。

ごく小さな溜《た》め息《いき》でさえ聞こえるような距離になった。ぼくは子供を凝視《ぎょうし》したままだ。子供が少しでも落書き以外の動作を見せたら、パニックを起こすのじゃないかと自分で思った。

ぼくは子供がいるほうとは反対側の壁にへばりつくようにして歩いている。さらに一歩を踏み出した。狭い路地の真ん中で、子供と並んだ。跳ぶようにしてさらに一歩、今度は子供から遠ざかる。次の足を踏み出したとき、何かが足に触れた。——そんな気がした。

ぼくは思わず声をあげた。跳び退《すさ》りながら振り返る。

気のせいだった。子供はまったく動いてなかった。安心すると同時に、大声をあげてもなお身じろぎひとつしない子供の異常に思いいたった。

子供を見つめたまま、後ろ向きに退《さが》る。一歩ずつ離れた。

充分に離れてから背を向けた。走って玄関に飛び込む。ドアを押し、中に滑り込み、そこから背後を振り返った。

——すぐ目の前に子供が立っていた。

ぼくは思わず声にならない悲鳴をあげた。

小さな手が挙がった。それがドアを支えたぼくの腕に伸びる。とっさに振り払い、ドアを叩《たた》きつけるように閉めた。ひと跳びにドアから離れ、階段に向かう。そのとき、ドアの向こうから笑い声が聞こえた。

しゃがれた、ひび割れた声だった。とても子供の声とは思えなかった。

押し殺したような低い含み笑いの声に怖《お》じけて、ぼくは階段を駆け上がった。

わき目もふらず、部屋までを駆け抜けた。

3

気がつくと、陽が高くて、ぼくは部屋の中にいた。

頭を振って身を起こした。布団も敷かず、床の上に寝ていたのだと気づいた。堅《かた》い床のせいで、あちこちが強張《こわば》り、動かすとギシギシ軋《きし》む。

ボンヤリとした頭を何度も振った。ようやく、昨夜（今朝か）部屋に転がり込んで、そのまま倒れ込むように寝入った自分を思い出した。

部屋の明かりは煌々《こうこう》とついたままだった。小さな音量でリピートに設定したCDが鳴っていた。カーテンは閉じ、電話のジャックも抜けたままだった。

起き上がりながら、昨夜の出来事を反芻《はんすう》する。

路地の子供――落書き。あれを、人間の子供だと思っていいものだろうか？

（けっこう有名だったりして）

後藤、お前の言う通りかもしれない。

（……出るって）

あの子が何者なのかは分からない。

死体絵図。それは路地の入り口から始まった。グリーンホームの中に入ってきて、五号室の前で止まった。そこに描かれた絵のとおりに高村《たかむら》さんは死んだ。

予言か、祟《たた》りか。ぼくにはそれも分からない。

ひとつ分かるのは、それがまた路地から始まったということだけだ。

ぼくは立ち上がり、シャワーを頭からかぶってしっかりと目を覚ました。

それから一階に降りる。玄関のドアを開けて、路地の様子を見た。

路地では野崎のおじさんが働いていた。難しい顔をして、路地をブラシで流している。落書きはもう一度入り口から始まって、すでにポーチの下まで到達していた。おじさんは入り口から路地の半分までを掃除し終えていた。そこからぼくの足元までは、黄色い線で埋めつくされていた。

それを確認してドアを閉じた。

(吐き気がする……)

頭を振って、気分を切り替える。ついいつものように郵便受けを覗《のぞ》こうとしたときに、管理事務所に人影があるのに気づいた。

小窓の中に、野崎のおばさんの姿が見える。

「あの……」

ぼくは思わず声をかけた。

おばさんは手元に落としていた目を上げる。ぼくを無表情に振り返った。ぼくが近づくと、机の前から立ち上がる。

「あの、表、またですね」

ぼくが言うと、おばさんは頷《うなず》いた。

「びっしり……。いつものことなんですか?」

何が言いたいのかわからなくて、言おうにも言葉が見つからなくて、ぼくはそう訊いた。

おばさんはちょっと微笑《わら》う。暗いがたしかに微笑いだった。

「ええ。よくあることなの……」

そう言ってからぼくを見上げた。

「怖い？」

「いえ、そんなわけじゃ」

おばさんは玄関のドアのほうを見た。なんだか悲しそうな顔に見えた。

「わたしは怖いわね。今度はどこに行く気なのかしら」

そう呟《つぶや》くように言ってから、おばさんは小窓を離れた。

「……本当に怖い」

言って、ガラス戸を開け、奥の部屋に引っ込んでしまった。

(今度はどこに行く気なのかしら)

(コンドハ、ダレガ、シヌノカシラ)

そう言われた気がして、ぼくは不安な気分になっていた。

きっとここに住む誰もが、あの落書きの意味を朧気《おぼろげ》ながら知ってる。——そう、きっと高村さんも知っていた。だからこそ、自分の部屋の前に落書きがあるのを見たとき、あんなに逆上したのに違いない。

彼女は怯《おび》えた。おそらくトラックには注意を払ったろう。それでも、彼女は死んだ。

ひどく怖くて、そしてなんだか悲しくて、ぼくは溜め息を落とした。

それから何気《なにげ》なく郵便受けを覗き込んだ。封筒が見えた。取り出して見るまでもなく、それがあの手紙だと分かった。手を触れるのでさえ気味が悪くて、ぼくはその手紙を放ったままにしておいた。

(開けないほうがいいと思うよ)

階段を登りながら、ぼくは和泉《いずみ》の言葉を思い出していた。

野崎さんは「またか」と言った。

また放り込まれた猫の死体、また始まった不気味な落書き。

三階に登ろうとしていた足を止めた。和泉と話をしてみたかった。

4

六号室のチャイムを押すと、すぐに和泉が出て来た。ぼくを見て驚いた顔をする。

話があるんだけど、と言うと、困ったように俯《うつむ》いた。

「昨日のことは謝《あやま》る」

言うと、顔を上げ、ほっとしたように微笑った。

「訊きたいことがあるんだ」

ぼくの言葉に和泉は頷き、それから、わけの分からないことを言った。

「浩《ひろ》……荒川《あらかわ》くんの部屋に行ってもいい？」

奇妙な申し出に、ぼくは虚を衝《つ》かれ、困惑し、それから苦《にが》い気分で頷いた。

「お前、あの手紙、開けるなって言っただろ」

コーヒーを淹《い》れてやって、そう訊いた。和泉はめずらしそうに部屋の中を見回している。なんだかえらく嬉しそうにしていた。

「——どうしてなんだ」

小さなテーブルの上にカップを置いて正面に座ると、和泉は物怖《ものお》じしたように身を縮める。

「良くないことが起きるから……」

「良くないことって、どんな」

「死んだ猫、来なかった？」

とたんに、ぼくは郵便受けの中のそれを思い出して、胸が悪くなる。

「……来た」

「あの手紙を読むと、猫が来るんだ」

「お前……経験、あんのか？」

あまりに当然のことのように言うのでそう訊くと、和泉はキョトンとした顔をした。

「ぼく？　ないよ」

「じゃあ、なんで分かるんだよ」

「だって、ここじゃよくあることだし」

野崎さんも、またか、と言っていた。

「よくあるって……」

「手紙が来て、猫の死体が送られて来て、受け取った人が自殺する。ここじゃ、よくあることだから」

ぼくは愕然《がくぜん》とした。

「なん……だって？」

「だから……」

「自殺？」

念を押すと、和泉は神妙に頷いた。

「それで、三人死んだ人がいるの。でも、必ずってわけじゃないから。あの手紙は誘うだけで、何かするわけじゃないから」

「誘う……」

(貴方様も私の後を追って下されば)

「手紙、読まなかった？　一緒に死んでくれって、書いてなかった？」

「書いてあったような……気がする」

「うん」

和泉は頷き、ぼくを覗き込む。

「ああやって、気に入った人を誘う。浩……あっと、荒川くんは……」

「もういいよ、浩志《ひろし》で」

和泉がいちいち詰まるのに嫌気がさした。言ってやると、和泉は嬉しそうに笑う。

それからもう一度、表情を硬《かた》くした。

「浩志は気に入られたんだよ」

「誰に」

「……この場所に」

(場所？)

「この場所に捕らわれてる、霊といってもいいけど」

5

とっさにぼくは対応できなかった。

「……霊？」

和泉は頷く。

「良くない場所っていうのかな。ここは良くないの。不幸なことを招き寄せてしまうんだよ。そうやって死んだ人は捕まって、出て行けない。だから——寂《さび》しくて仲間を呼ぶ」

「なんで良くない場所なんだ？」

訊くと和泉は首を振った。知らない、と言う。それからぼくの顔を覗き込んだ。

「誰でも呼ぶわけじゃないんだ。気に入った人だけ。浩志は気に入られたんだ。——だから、出て行ったほうがいいよ」

ぼくは息を吐いた。

「……よく分かんないな。良くない場所ってのがあって、不幸なことを招き寄せる、ってのは分からないでもないけど。やたら人が死んだり、悪いことが起こったり、そういう場所だってことだろ？」

「そう」

「そういう場所があるって話はよく聞くし、お祓《はら》いだ、なんだって騒いでるのも聞いたことがあるけど。——けど、場所が誰かを気に入ったり気に入らなかったりするのか？　捕まって出られないって、それ、地縛霊《じばくれい》とかなんとかいうやつ？　仲間を呼ぶって、いわゆる祟るとか取り殺すとか、そういう話か？」

「ぼく……」

和泉は困ったように首をすくめて俯く。

ぼくは慌てて手を振った。いつの間にか自分が詰問《きつもん》するような口調になっていたのに気づいた。

「悪い。——べつに和泉を責めてるわけじゃないんだけどさ」

「……うまく言えないんだけど」

「うん」

「どうしてだか分からないけど、ここ、なんだか歪《ゆが》んでるの」

「歪み？」

和泉は申し訳なさそうに頷く。

「暗い迷路みたいなのと、ダブってる感じ。……ほんとに、うまく言えないんだけど」

「いいよ。——それで？」

「ここにはもうひとつ、別の建物があって、それとここはダブってるの。本当は別々のものなんだけど、重なってる部分があるというか……」

ぼくは髪をかき混ぜた。

「たとえば——ええと、ここって昔、緑荘っていうアパートだったんだよな。いわば、それがグリーンホームとダブって存在してるような感じ？」

「うん、近いかな……。緑荘の住人にとっては、ここは緑荘なんだ。緑荘には死んだ人しか住めないし、しかも、出られない。路地と建物の周辺、それより先には出られないし、出ても引き戻されちゃって離れられないの」

「……ふうん」

「その緑荘と、ここがぐちゃぐちゃに混じってて、緑荘の住人はこちらを通り抜けることができるけど、こちらの住人は緑荘には入れないんだ、本当はね。でも、どうしてだか、緑荘に入っちゃう人もいるんだ」

「入る？」

「……なんだと、思うんだけど。緑荘の住人がここを通り抜けるみたいに、緑荘を通り抜けることのできる人もいるんだ。その人は、本人も気づかないうちに、グリーンホームと緑荘を行き来してる。行き来してるっていうより、ふたつが混じってる中に住んでる、って言ったほうがいいのかな。そういう人は、緑荘の人間にとっても『いる』人なんだ。そうでない人は、『いない』人。グリーンホームの住人にとって、緑荘の人間が『いない』みたいに」

「分かるような、分からないような……」

「ごめんね……」

和泉は身を小さくする。

「謝ることはないけどさ。緑荘の住人にとって『いる』人間だってことが、この場所に気に入られる、ってことか？」

「……うん。だと思うんだよ。そういう人が死ぬと、緑荘の住人になるの。緑荘の住人は仲間がほしいから、そういう人に気づくと、死人になってほしくて呼ぶんだ。だから、浩志は出て行ったほうがいいと思うんだ」

ぼくは吐き捨てた。

「おれは自殺なんかしねえよ」

和泉は厳しい顔をした。

「誘う奴《やつ》ばかりじゃないんだよ」

ピシャリとそう言った。

「もっと危険な奴もいるんだ。路地に落書きがあったでしょ？」

ぼくはとっさに和泉を見返した。

「……じゃあ、やっぱり、あれも……」

和泉は頷く。

「それ以外のなんだと思ってたの？　あの落書きが止まった部屋の人間は死ぬんだ。描かれた絵と同じ姿で」

「質問させてくれ。——あれは、予言？　それとも祟り？」

あの子は予言をしているだけなのか。それとも。

和泉はきっぱりと答えた。

「祟り。予言じゃない。あいつが、殺しちゃうんだ」

言ってから複雑な顔をした。

「あいつは危険なんだよ。緑荘の住人の中でも一、二を争うくらい危険。だから浩志は、早くここを出たほうがいいよ」

怖かったのかもしれない。ぼくは思わずカッとなった。

「次の被害者はおれだって？　そう言うのかよ！」

つい怒鳴《どな》ると、和泉がビクッと身体《からだ》を震わせた。

ぼくは慌てて和泉に詫《わ》びる。

「……悪い。――でも、そういうことなんだろ？」

和泉は首を振った。

「分からない。誰を狙《ねら》ってるのかなんて分からないもの。けど、浩志には手紙が来てるでしょ。他にも浩志のまわりをうろついてる奴がいるし」

ぼくは身体を硬直させた。

「他……にも？」

「うん。そいつらは悪戯するだけで、べつに大した害はないんだけど」

思い出した。引っ越して来て最初の日。最初に和泉と会ったとき。

（ちょっとした悪戯だから）

郵便受けに入っていた、人形の首。

「最初の日のあれが、そうなのか？」

ぼくが訊くと和泉は頷いた。

「緑荘の住人にとって、浩志は『いる』人間なんだ。だから、危険だと思うよ」

ぼくは頭を抱えた。

開いていた窓、差し込まれていたジャック。

――みんな、そういうことなのか……。

「どうしておれなんだよ」

「たぶん、似てるから」

和泉の声にぼくは顔を上げた。

「似てる？」

訊くと和泉は頷く。

「寂しい。家に帰りたい。帰る場所がない。待っててくれる人がいない。――違う？」

ぼくは胸を衝かれた。返す言葉がなかった。

「そういう人間は死ぬと、ここを離れられなくなる」

「おれ、ここ嫌いだぜ」

「みんな嫌いなんだよ。でも離れられなくなる。だから、寂しくて辛《つら》くて、次々に仲間を欲しがるんだ」

ぼくは首を傾《かし》げた。

「……お前、なんでそんなに詳しいんだよ。霊能者、とかいうやつ？」

訊くと和泉は微笑う。

「そんな良いもんじゃないよ。浩志より少しよく分かるだけ」

ぼくは肩をすくめ――それからふと窓に目を留めた。

「……なあ、和泉。あっちに神社あるだろ。あそこって、なんなわけ」

和泉は怪訝《けげん》そうにした。

「あそこも何かあるんじゃねえの。おれ、あそこの前に行くとすごく嫌な気がするんだ」

和泉は首を振った。

「知らない。そうなの？」

「……うん」

路地で感じたのと同じような嫌な感じ。数段、神社で感じたもののほうが強いけれど。路地の奥では本当に嫌なことが起こりつつある。ひょっとして、路地の入り口で感じたのが、本当に予感だったのだとしたら。そうしたら、神社で感じたものも……。

ぼくの不安が伝染したのか、和泉までが不安そうな表情をした。

「悪い。気のせいかもな。――それより和泉、お前、どこの学校に行ってんの？」

不安な気分をことさら無視するように言った。対して、和泉はひどく複雑そうな顔をした。なんだか寂しそうにも見えた。

「ぼく……学校には行けないんだ」

どうして、と訊きそうになって、ぼくは思いとどまった。今の御時世、高校に行けないなんて、事情があるに決まっている。うかつに訊いてはいけないことのような気がした。

ぼくは、身を縮めるようにして座った和泉を見るともなく見つめた。小柄で痩《や》せていて青白い。貧相な奴だ、と最初に会ったときに思った。

和泉はその白い顔を俯かせたまま、ポツンと言った。

「その間、見張ってるから」

見張っているから学校に行けないのか。

学校に行く代わりに、見張っているのか。

ぼくがいない間、見張っているということか。

和泉の言葉はそのどれとも分からなかったけど、何か堅い決意をしているのだけは分かった。

その夜、和泉が帰ったあと、電話がかかってきた。

和泉に弱みを見せたくなくて、奴が部屋に入ってくる前にジャックを戻しておいたせいだった。

（そいつらは悪戯するだけで）

ぼくは受話器を取った。いつもより数段、平静だった。

（べつに大した害はないんだけど）

電話のむこうでは何かが滴る音が続いていた。

『あと二日……』

電話の主はそう言って通話を切った。

（あと二日……）

ぼくはカレンダーを見る。

二日後、十月二日。その日がなんだというのだろう……。

第五章　まつり

1

翌朝、学校に出かけるのに一階に降りると、いつかの朝のように玄関ホールは黄色い絨毯《じゅうたん》で覆《おお》われていた。

ぼくは目を逸《そ》らし、ついでに不快な記憶（高村《たかむら》さん……）からも目を逸らして、小走りに外へ出た。

学校に着くと、教室に入る前に、廊下でたまたま金子《かねこ》に会った。

「あ……」

ぼくはつい声をあげ、金子がぼくを振り返った。金子はぼくを認めるなり、露骨に顔をしかめ、戸惑ったように顔をそむけた。ぼくも同様に不快だったので、嫌な顔を隠さずそっぽを向く。金子を無視して教室に入ろうとしたら、呼び止められた。

「荒川《あらかわ》……」

　ぼくは嫌々、視線を向ける。声をかけた金子のほうも気まずそうな表情をしていた。

「お前……グリーンホームに住んでるんだって？」

　またか、と思った。グリーンホームの怪談話なんか、いまさら聞きたくない。

「そうだけど」

　つっけんどんに返すと、金子は苦いものでも呑《の》み込んだような表情をする。ほんの少し、言おうか言うまいか迷ったふうを見せてから、口の中で唱《とな》えるような調子で訊《き》いてきた。

「その……死人が出たんだろ？」

「ああ。それが何か？」

　けんもほろろの口調になった。

　物見高い好奇心だけで首を突っ込んでほしくなかった。逆上していた高村さん。グリーンホームに住む者だけが、彼女の死の意味を知っている。彼女の恐怖を知っている。それは恐怖で——純然たる恐怖で、しかも悲劇だ。野次馬が首を突っ込むことじゃない。

　ぼくの口調に金子は顔をしかめた。何か言いたそうにしたが、それ以上、言葉を口にしなかった。軽く手を挙げる。ぼくはそれには応えず、金子を無視するようにして教室に入った。

ぼくはその日、授業の間、考えていた。

金子に対し、我ながらすごく狭量な振る舞いをしたという自覚があった。金子の好奇心が不愉快だったのは事実だが、なにもあんな態度を取ることはなかったじゃないか、と自分でも思う。

ぼくは高村さんのことについて、あまり軽々しく話をしたくなかった。特に、グリーンホームでまたあれが始まった以上、正直に言えば、あまり考えたくなかったのだ。けれども金子を必要以上に邪険にしたのは、あまり愉快でないことを、他ならぬ金子に話題にされて、それでいっそう不快な気分になったからだろう。

いったい、金子との間に何があったのだろう。いくら記憶を引っかきまわしても、ケンカの内容は思い出せなかった。内容を覚えてもいないくせに、それをいまだに引きずって悪感情を抱くなんて。ぼくは自分のことながら、どうしても納得がいかなかった。

そして——と思う。神社を覚えていないのは、なぜだろう。

「辺境」は、ぼくらの主たる遊び場だった。そこまでは覚えている。そして「辺境」は、あのあたり一帯のことだった。

グリーンホームや神社のあるあのあたりは、小学校の校区の端だった。たしか、神社の向こう側は、もう他の校区だったと思う。あの頃「辺境」は、田圃《たんぼ》や雑木林ばかりだった。商店街は当時にもあった気がする。しょぼくれた駄菓子屋や、暗い店構えの玩具屋なんかが並んでいる場所が「辺境」にあった。たぶんそれが、あの商店街のあたりなんじゃないかと思う。

小学生にとって——それも低学年の子供にとって、校区以外の場所に出ることは国境を越えるような感慨を抱かせる。その国境に面した「辺境」は、ぼくらにとってちょっとした興奮を与えてくれる場所だった。「辺境」に行くと、本当に遠くまで来ているという気がした。

「辺境」に住んでいる友達はいなかったので、よけいにそう思ったのかもしれない。

そこまで考えて、ぼくはふと首を傾《かし》げた。

「辺境」に仲のいい友達はいなかったと思う。——しかし、誰かクラスメイトが住んでいなかっただろうか？

ぼくは頭の中を、記憶を求めて引っかきまわす。誰か、クラスの奴《やつ》が「辺境」に住んでいた。ひとりだけ「辺境」にポツンと住んでいた印象がある。

（お葬式……）

突然、言葉が蘇《よみがえ》った。

（「ヘンキョウ」で葬式だってよ）

そう言ったのは、友達の中の誰だったか。

（お葬式があります）

滝《たき》先生はそう言った。

教壇の上だった。教壇の近くの机には花が飾られていた。滝先生はもう一度、お葬式があります、と言って、額《ひたい》に手をあてて泣き出した。クラスの全員が（ぼくも含めて）それにつられて泣いた。

（……そうだ）

——思い出した。

「辺境」にはひとりだけクラスメイトがいた。そいつは死んだ。ぼくらは遠足のように列を作って、「辺境」まで葬式に行った。

どうして忘れていたんだろう。クラスメイトが死ぬなんて、印象深いことにちがいないのに。

ぼくは葬式について思い出そうとし、そして突然、吐き気に襲われた。嫌な気がした。それ以上、思い出したくなかった。嫌だ。ぼくは、思い出したくない。──怖《こわ》い。これ以上、考えたくない。それは神社で感じた嫌悪感にあまりにもよく似ていた。鼓動が振り切れるほど速くなって、ぼくは机につっぷした。教師が、どうした、と声をかけた。かろうじて気分が悪いことを伝え、ぼくはクラスの奴に連れられて保健室に行った。

2

ぼくは結局、学校を早退し、ブラブラと歩いてグリーンホームに戻った。バスは急速にぼくを連れ戻す。だから、乗りたくなかった。

途中、神社の脇を通った。目を逸らした。それでも気分が悪くなった。それは──葬式のことを思い出した感じと、まったく同じと言っていいくらいよく似ていたので、ぼくは確信してしまった。

ぼくはこの神社を知っている。もちろん、知っている。だけど、ぼくは思い出したくない。見るのでさえ嫌なくらい、ぼくは神社のことを思い出したくないのだ。

足早にグリーンホームに戻って、路地の前でぼくは立ち止まった。

路地に落書きは見えない。あの死体絵図はどこまで進んでいるだろう。その行く先を見たくなかった。もしも——あれが自分の部屋の前で止まっていたら。

ぼくは首を振る。そんなことはないはずだ。ぼくではないはずだ。

それでもぼくはグリーンホームに戻るのが嫌で、路地を通るのが嫌で、入り口のビデオ屋のあたりでマゴマゴしていた。

(浩志《ひろし》は気に入られたんだ)

和泉《いずみ》は言ってた。

(寂《さび》しい。家に帰りたい。帰る場所がない。待っててくれる人がいない)

たしかにそうだ。ぼくは寂しくて、どこかへ帰りたい。帰る場所がない。待っていてくれる人がいないから。

それでもぼくは、例えばあんな手紙に誘われて自殺するほど弱くない。あんなものに引きずられるほど追い詰められてるわけじゃない。

(ぼく以上に、あの場所にふさわしい奴はいるはずだ)

ぼくはそんな利己的なことを考えて、思わずひとりで赤面した。

それはまぎれもなく、ぼく以外の誰かが死んでくれるに違いない、という思考だった。

(……最低だな)

落胆した気分で息を吐いた。ビデオ屋の店頭には大きなディスプレイがあって、そこには得体の知れないビデオが映っている。

白々しいくらい青い空を飛ぶ純白のグライダー。長い両翼。

(……飛行機)

ぼくはふと、心の中で呟《つぶや》いてみた。

(……飛行機)

(ホラ、ヒコウキ)

(ほら、飛行機)

ぼくはとっさに振り返った。路地に駆けつけ、入り口からグリーンホームを見つめた。

——ぼくは、知っている。

この路地を知ってる。

（ヒコウキ、イラナイノカ？）

（飛行機、いらないのか？）

（お前んだろ。いらないのか？）


思い——出した。

思い出した。

ここには、オサルの家があった。

3

オサルというのが、そいつの呼び名だった。もう本名も覚えていない。たぶん、尾《お》崎《ざき》とか修《おさむ》とか、そんな名前だったんだろう。名前をもじってついたあだ名だった覚えがある。

ぼくはオサルが嫌いだった。ぼくだけでなく、クラスじゅうの子が嫌っていた。いわゆる、いじめられっ子だった。

そのオサルの家を、ぼくは一度だけ訪ねたことがある。飛行機を持って。

(そうだ。……そうだった)

オサルは飛行機作りの名人だった。自分で竹を削《けず》り、それを曲げてフレームにして紙を張ってグライダーを作った。動力なんか何もないのに、下手な奴が操縦するラジコンよりもオサルの飛行機はよく飛んだ。風に乗って、優美に空を飛翔《ひしょう》した。

その飛行機を、ぼくは拾うかどうかして、オサルに届けた覚えがある。いや、オサルをいじめてた連中が取りあげたのを、取り返したんだったろうか。

(――そうだ)

もう、どんな季節のことだか覚えていない。ある日、ぼくはオサルが飛行機を飛ばしているのを見ていた。たしか放課後だったと思う。グラウンドで、ぼくはその日、ひとりだった。ひとりで校庭の隅《すみ》に座って、オサルが飛行機を飛ばすのを遠くから見ていた。

よそのクラスの奴がやって来た。飛行機をいじっているオサルを取りまいて、小突きあげた。ぼくは、またやられてら、と思っていた。

そいつらはオサルをひとしきり小突き回すと、飛行機を取りあげた。オサルは悲しそうに、飛行機を持って去っていく連中を見ていた。

ぼくはとっさに連中を追いかけた。

ぼくは——ぼくたちは、オサルを嫌っていたが、オサルの飛行機は尊敬していた。殴《なぐ》っても蹴《け》っても、飛行機には手を出さない。それは不文律だった。もったいなかった。あんなに綺麗《きれい》に飛ぶものを。

連中を追いかけて飛行機を取り返した。それをオサルに届けに行った。

場所はここだった。——たしかに、ここだ。

その頃、路地を取り巻いていたのはビルなんかじゃなかったけれど、自分が小さかったせいか、周囲の建物はひどく高かった気がする。グリーンホームのある場所には、汚い木造のアパートがあった。そこがオサルの家だった。

ぼくはこの路地をこわごわと歩き、オサルの家を訪ねて、飛行機を返した。

(ほら、飛行機)

オサルはびっくりしていた。硬直したように手を出せないでいる奴に、ぼくは飛行機を突きつけた。

(飛行機、いらないのか?)

(お前んだろ。いらないのか?)

——そうだったんだ。

ぼくは薄暗い路地を見渡す。どうして忘れていたんだろう。

ぼくはこの路地が気味悪かった。たしか、もうあたりは薄暗くて、路地に入るのには勇気が要った。気味悪い思いをしてこわごわ路地を歩き、辿《たど》り着いたのはオサルの家のあるアパートで、そこは路地以上に気味の悪い建物だった。古くて、本当に汚かった。オサルの親父は相撲《すもう》取りみたいに太った奴で、ひどく乱暴な感じで怖かった。

ぼくはオサルに飛行機を突きつけて、逃げるように家に帰った。

その建物が「緑荘」だったのだろうか。

いや、後藤《ごとう》は言っていた。まだあまり古くないのに壊した、と。では、その「緑荘」の、さらに前に建っていたアパートに違いない。

ぼくはそのアパートに一度だけ行った。

――そこまで考え、ぼくはさらに思い出した。

一度じゃない。ぼくはその後、もう一度ここに来た。この路地まで。

（一度じゃない）

路地には薄く煙が流れていた。その煙の匂《にお》いをぼくは思い出す。

路地の途中――ちょうど、この間あの男の子がしゃがみ込んでいたあたりに、白い屋根の小さなテントがあった。ぼくらは順番にそこまで歩いた。路地を半分歩いて、テントの下にあるテーブルの前に立ち、そこで強い匂いのする粉を入れ物の中に入れた。路地の両側には幕が張ってあった。――白と黒の幕。

ぼくはここへ二度、来たことがある。

二度目はオサルの葬式だった。

4

憂鬱《ゆううつ》な気分で部屋に戻った。郵便受けは覗《のぞ》かなかった。グリーンホームの床はピカピカに磨《みが》きあげられていた。

アイボリーの階段を登りながら、ぼくは考えていた。

ぼくは自分がなぜ路地を嫌がったのか、分かったような気がした。前に訪ねたときの、あの嫌な思い出がよみがえりそうになるからだ。金子とは昔、ケンカをした。オサルの葬式はたぶんぼくに強いショックを与えた。きっと神社にも――何かそういう、嫌な思い出があるのに違いない。

考え考え部屋に戻ると、ドアの下に白い封筒が差し込まれていた。

ぼくはそれを抜いてみる。無記名の男文字。あいつからの手紙だった。部屋に入り、カバンを置いて手紙を捨てた。

(誘ってもムダだ)

服を着替えて、ぼくはお前の後を追ったりしない。それから窓を開けた。涼しい風が入り込んできた。目の前の丘が不快な威圧感を与えたが、それに耐えて目をやった。

ぼくはグリーンホームに来て嫌な気分をたくさん味わったが、そのうちの半分はここにいる「緑荘」の住人の(和泉の言葉を信じるなら)仕業であり、そのうちの半分はぼく自身の過去に関係するものだ。

手紙、電話、落書き、窓が開いていたこと、それらは緑荘の住人に関係するもの。あの神社、路地、金子、それらは過去に関係するもの。

そして、その両者の間には、なんの関係もない。

(関係ない?)

ぼくはふと疑問に思う。本当に関係がないのだろうか?

和泉は、なんて言っていた?

(ここは良くないの。不幸なことを招き寄せてしまうんだよ)

(そうやって死んだ人は捕まって、出て行けない)

不幸――オサルの死。

オサルの家はここにあった。このグリーンホームが建っている場所に。そしてここは良くない場所。そのせいで不幸が起こる。オサルは死んだ。死んだ人は捕まって――。

もしかしたら、オサルもここに捕まっているのじゃないだろうか。

(寂しくて辛《つら》くて、次々に仲間を欲しがるんだ)

寂しい子供がいる。その子はここに捕らわれている。そこにかつての同級生がやってくる。――仲間に引きずりこむとして、これほど誘いやすい相手がいるだろうか?

ぼくは妙に確信してしまった。オサルはここにいる。

そしてぼくのまわりにいる。

どれだろう。どれが奴の仕業なんだろう。

落書きをする男の子。――あの子は小さすぎる。

首を振りかけて、ぼくはふと考える。

オサルは別名、デブコと言った。そう――たしか、そうだった。

べつにオサルが太っていたわけじゃない。親がひどく太ってて(父親だけでなく、母親も)それで皮肉を込めてつけたあだ名だったと思う。オサル自身は親とは反対に、ガリガリに痩《や》せた小さな子供だった。――そう、だった。

オサルはクラスでいちばん小さかった。教室の席はだから、必ずいちばん前だった。それでぼくらは、爪の先で小さくちぎった消しゴムやなんかを、教師が黒板のほうを向いているあいだにオサルに投げつけたりしたことがある。

オサルより大きな下級生はいっぱいいた。とても同じ学年だとは思えなかった。ぼくはあの子を幼稚園くらい、と判断した。それはもちろん、身体《からだ》のサイズからそう思ったのだけれど、しかし本当にそうだろうか？

小学校の頃、三年生と四年生の差は歴然としていた。見ればそいつが三年なのか、四年なのかすぐ分かった。かえって大人は見分けがつかなかった。高校生くらいになると、一年も三年も同じように大きく見えたものだ。

ぼくは歳をとり、大きくなり、反対に小さい子供の見分けがつかなくなった。かろうじて、低学年なのか、高学年なのか、それが分かるくらいだ。

オサルは小さかった。三年生の当時でさえ、下級生みたいだった。いま実際にオサルを見たとして、ぼくは何年生だと思うだろうか？

あの子とオサルの印象とが重なった。

ぼくは慌《あわ》てて、首を振った。

オサルはいじめられっ子で、さんざん小突かれたり突き飛ばされたりしていたが、報復したことはなかった。いくらいじめても反撃されないのが分かっていたので、誰もがかさにかかっていじめた。

落書きをする男の子。あの落書き通りに人は死ぬ。あの子が殺す、仲間が欲しくて。

——その行為はなんだかとてもオサルのイメージにそぐわなかった。化けて出るなら、部屋の隅にじっと座っていそうなタイプだ。

オサルはぼくを恨《うら》んでいるだろうか?

ぼくはたしかに、けっこうオサルをいじめたが、ぼくよりいじめてる奴はたくさんいた。親切にしてやったことがないわけでもない。

(……恨んだりはしてないよな)

恨むというなら、ぼくよりも恨まれそうな奴はたくさんいたし、第一、オサルがぼくを覚えていないことだってあり得る。

そう思ってちょっと苦笑した。自己嫌悪で口の中が、ものすごく苦《にが》かった。

人は、自分を許すことにかけては小狡《こずる》い。

そう思った時だった。

突然、耳元で声がした。

5

（……恨んでるよ）

その声は言った。

ぼくは慌てて振り返った。

たそがれ始めた部屋の中は、まったくの無人だった。無論、無人だった。

――気のせいか？　空耳なのか？

そう思いかけたとき、微《かす》かに何かが軋《きし》む音がした。

ぼくは見回す。音が続く。音の出所を見つけてぼくは息を呑んだ。

浴室のドアがゆっくりと開きつつあった。

（勝手に開くはずがない……）

ドアはこちらに向けて開く。わずかに十センチほど開いて、ドアは止まった。浴室の中は真っ暗だった。わずかな隙間に、内側からノブを握《にぎ》っている手が見えた。

小さな、細い手。――まぎれもなく、子供の。

「恨んでるよ」

はっきりと浴室の中から声がした。明らかに子供の声だった。

「絶対に許さないからね」

金縛《かなしば》りにあったように、身動きができなかった。ぼくはただ、隙間から覗く細い腕を見ていた。

浴室の中の子供は笑った。

「死んじゃえ。死んじゃえばいいんだ、お前なんか」

(誰だ……)

「絶対に、許さないから」

そう言って、腕がするりと浴室の中に消えた。ぼくは弾《はじ》かれたように立ち上がった。十センチほど開いたままのドアに飛びついた。勢いよくドアを開く。部屋の光がユニットバスの中に流れ込んだ。

——中は無人だった。なんの姿もなかった。

ぼくはその場に座り込んだ。

(恨んでるよ……)

(絶対に許さないからね)

(死んじゃえばいいんだ、お前なんか)

（オサル……）

お前なのか……？

どうしてなんだ。

（死んじゃえ）

「どうして、そこまでおれを恨むんだよ」

ぼくは誰もいない浴室に向かって怒鳴《どな》っていた。

「おれが何をしたっていうんだよ！」

たしかに、いじめた。みんなとおもしろがって小突きまわした。残酷な行為だと今では分かる。でも、ぼくはまだ本当に子供だったし、暴力というもの、殴られること、殴ることの意味を満足に分かっていなかった。それが悪いといえば、そうなのだろうけど、子供はそんなものなんじゃないだろうか。

あんなことは、よくあることだ。ぼくだって、人にいじめられたことなんて、何度もある。べつにぼくだけがひどかったわけじゃない。ぼくが殺したわけじゃない。恨まれる筋合いなんか、ないはずだ。

そう、ぼくが殺したわけじゃない。

オサルは――。

オサルは何で死んだのだったろうか？

覚えてない。事故？　病気？　なんで死んだ？

ぼくは無人の浴室を前に、じっと考え込んでみたが、どうしても思い出せなかった。

その夜、電話がかかってきた。ジャックは抜いてあった。それでもベルは鳴った。

電話の主は一言、言って通話を切った。背後では水の音がしていた。

『……明日だからね……』

第六章　緑の扉

1

翌日、落書きは一階から二階までの階段を埋《う》めつくして、さらに三階に向かってい
た。

あの男の子（オサル……？）の目的が、一階と二階の部屋にないのは分かった。

学校に行って、帰ってくると部屋に手紙が届いていた。
鍵《かぎ》を使って部屋のドアを開けると、テーブルの上にきちんと置いてあったのだ。
余計なことを、ぼくはもう考えなかった。手紙を拾うと迷わずふたつに裂《さ》いてゴミ箱に捨てた。

夜には部屋に閉じ籠《こも》った。陽が落ちてから外に出る気はしなかった。

本当を言えば、夜にグリーンホームにいるのも嫌だった。それでも他に行くところはないし、外に出ればいつかは帰ってこなければならない。単にぼくは、グリーンホームに帰って来るのが怖《こわ》いのかもしれない。

それでしかたなく部屋に閉じ籠り、ひとりでボンヤリしていた。際限のない悪戯《いたずら》。これがやむ日なんか、来るのだろうか？

思い切って部屋を替わろうかと思った。思っただけで、すぐにやめた。引っ越しや敷金やらで、また父親に頭を下げなくてはならない。ぼくには自分で部屋を替われるほどの経済能力がなかった。グリーンホームに入るとき、気に入らなければ引っ越せばいいと、ぼくは気楽に考えていたが、実際にその必要に迫られてみると、それはほとんど不可能事に近い。

なぜ引っ越す必要があるのか、と理由を問われるだろう。事情を話しても信じてはもらえないだろうし、すんなり納得してくれるはずもない。そんなに部屋を出たいのなら、帰ってこいと言われるだろうし、尚子《なおこ》おばさんは何がなんでもそうさせようとするだろう。考えるだけでウンザリするほど嫌なことがあって、結局、理解も同意も得られず、引っ越せないままになるか、家に（父親と尚子おばさんの家に）連れ戻されるのが関の山だ。

一人暮らしできる程度には大人だ、と主張したのはぼくだ。でも本当は、ぼくは大人なんかじゃ、ぜんぜんない。住むところひとつ自分で確保できないで、何が大人だろう。仕送りしてもらって生活していて、それで大人と呼べるはずがない。

夜の部屋にポツンと座って、ぼくは切実に大人になりたいと思っていた。

電話がかかってきたのは十時過ぎだった。

電話線はやっぱり抜いてあったのだけど、電話の主にはそんなことは、なんの関係もないようだった。

相手は短く言った。

『今から、行くよ』

女の声だか、男の声だか、今になっても分からなかった。

相手はいつものように音程の狂った声音で笑うと、電話を切った。

(今から、行くよ)

声の調子が妙に生々しくて、ぼくは怯《おび》えた。

これは——本当に幽霊ってやつの悪戯なんだろうか?

人間臭い……とても人間臭い声の響き。

無論、これは普通の電話ではない。

そう思いながら、ぼくは抜いたまま放り出している電話線を見る。

(べつに大した害はないんだけど)

これは奴《やつ》らの悪戯だ。ぼくに危害はくわえられない。ただ気味が悪いだけだ。

和泉《いずみ》の言葉を思い出して、ぼくは懸命に自分をなだめた。それでも立ち上がり、玄関に行ってドアの鍵を確認した。ふたつついた錠のうち、片方にだけ鍵をかけているのを見て、もう一方にも鍵をかける。ついでにしっかりとドア・チェーンをかけた。

2

部屋の中で息をひそめていると、突然チャイムが鳴った。

ぼくは深く息をつく。音をたてないように立ち上がって玄関に出た。

「……誰……ですか」

ドア越しに訊《き》く。相手の答えは簡潔だった。

「和泉、だけど」

(イズミ?)

ドア・スコープから覗《のぞ》く。和泉の白い顔が歪《ゆが》んで見えた。

「……なに？」

「べつに、特に用はないんだけど」

ぼくは迷った。このドアを開けていいものだろうか。

(今から、行くよ)

どこかで聞いたことがある。夜明けまで家に閉じ籠る。陽が射して鶏《とり》が鳴いて、朝だと思って外に出たら月が出ていた。——そんな怪談話。

「浩志《ひろし》？」

呼びかける声。

ぼくは迷っている。

迷うぼくを笑うように、電話が鳴った。

「……ちょっと待って」

そうドアの向こうに声をかけて、ぼくは慌《あわ》てて電話に出る。受話器を耳に当てると、水の音が聞こえた。

(……奴)

一言だけとはいえ、電話の相手が喋《しゃべ》るようになってから、一晩に二回も電話してきたのは初めてだった。

相手はいきなり笑った。何かが狂った声音だった。

『すぐに、行くからね』

「誰だよ、あんた」

上すべりの含み笑い。

『……だいじょうぶ。痛くないよ』

舌舐《したな》めずりするような、ねばっこい言い方に背筋が冷えた。

『すぐにすむ。……大きなノコギリがあるからね……』

ぼくはとっさに電話を切った。

(ノコギリ)

(なんのために?)

ぼくはちょっと震え、思わずドアに視線を向け、和泉が来ていたのを思い出した。

大急ぎでドアに向かって、スコープから覗くと、手持ち無沙汰そうにしている和泉の顔が見えた。

「和泉?」

ドアを開けて声をかけると、和泉は微笑《わら》う。

「……ごめんね。遅くに」

「いや。どうせ、まだ寝ないから」

答えながらドアを大きく開く。開きながら、今、和泉を部屋に入れるのは卑怯《ひきょう》だろうかと考えていた。

(今から、行くよ)

(大きなノコギリがあるからね)

(絶対に許さないからね)

ぼくは危険だ。ぼくの側《そば》にいるのは危険だ。

(ひとりになるのは嫌だ)

(和泉を巻き込むかもしれない)

それでもぼくは言う。

「どうぞ」

言いながら、ひどい自己嫌悪におちいっていた。

3

ぼくは和泉を部屋に入れた。

それは卑怯だと承知している。それでぼくは和泉に言った。たったいま電話がかかってきたこと、その電話の内容。

和泉は説教をくらう犬みたいにキョトンとした顔で、ぼくを見ていた。黙って聞いて、それから複雑そうな表情をする。

「……だから言ってるのに。出て行ったほうがいいって」

「それができりゃ、苦労はないよ」

ぼくが言うと、そうだね、と呟《つぶや》く。それから真剣な目を向けた。

「嫌な気がしたんだ。来てみてよかった」

「怖かったら帰っていいんだぜ」

「べつに、怖くないよ」

和泉は平然と言ってのけた。

ぼくはコーヒーを淹《い》れながら、和泉に訊いてみた。

「電話も悪戯なんだろう？」

頷《うなず》くだろうと思った和泉はしかし、難しい顔をして考え込んでしまった。

「電話をかけてきたのが緑荘の奴なのかな……。それとも電話を繋《つな》いだのが、緑荘の奴の仕業なのかな……」

「どういう意味だ？」

「だから……。変なことを言う奴が、緑荘の奴なんだったら怖くないんだよ。脅《おど》かしてるだけだから。そうじゃなくて、緑荘の奴のやった悪戯が電話を繋いだことだったら、変なことを言っているのは人間なのかもしれないよね」

ぼくはカップを置きながら、ふと気がついたことを訊いてみた。

「な、お前、落書きの子供……一、二を争うくらい危険、って言わなかったか」

和泉は子供みたいに、砂糖とミルクを大量にカップに入れながら首を傾《かし》げる。

「言ったと思うけど」

「ということは、あいつと同じくらい危険な奴が他にもいるのか？」

「うん」

「それ、どんな奴？」

ぼくが訊くと、和泉は本当に嫌そうな顔をした。

「……怖い奴。ぼくはあいつ、すごく怖い」

「怖いって、どんな」

「あいつは何もしないんだ。ただ人に取《と》り憑《つ》いて狂わせるだけ。でも――怖いよ」

「そいつもここに捕まってるわけ？　この場所に？」

「そうだよ」

　ということは、ここにいる誰かに、すでにそいつが取り憑いている可能性がありはしないだろうか。

　考えながら、ぼくは不思議だと思った。

「なあ。和泉はどうして、そういうことが分かるんだ？」

　言うと、犬みたいな目がぼくを見上げて、すぐに寂《さび》しそうな表情になった。

「……ないしょ」

　嫌そうなので、それ以上は訊かなかった。代わりに訊いた。

「ひょっとしたらお前、あの落書きが次にどこで止まるか分かってるんじゃねえの」

「ぼくが？　……まさか」

「そうか？　おれ、次は自分なんじゃねえかと思うんだけどな」

　和泉はきっぱりと言う。

「気のせいだよ」

　ぼくはただ微笑った。和泉は知らない。

（許さないからね）

あれはオサルなんじゃないだろうか。

(恨《うら》んでるよ)

「やっぱさ……いじめられたら、仕返ししたいと思うよな」

ぼくが言うと、和泉はキョトンとした。

「何、それ」

「そう思わないか？」

「……仕返ししたら、いいことあるの？」

本当に不思議そうに訊かれて、ぼくは吹き出した。

「たしかに、そうだ」

それでも、仕返しをしたいと思う奴もいるだろう。

(死んじゃえ)

殺されるのは理不尽だと思うけれど。

そんな話をしているときだった。ふいにドアがノックされるような音がした。

ぼくがドアを振り向くと、和泉がぼくを制す。

「ぼくが見てくる」

そう言いながら立った。玄関に行ってドア・スコープを覗く。そうして、首を振りながら戻って来た。

「……誰もいないよ」

「いない？」

「うん。誰も。誰かの悪戯かな」

妙な言葉だと思った。妙な会話だと。誰もいないのに物音がした。だから誰かの悪戯だろう。この場合の「誰か」は人間じゃない。それを互いに分かっている。

物音のせいか、ぼくはドアの外に誰かがいるような気がしてしようがなかった。

4

ぽつぽつと会話を続けて、二時を過ぎた頃、和泉が訊いた。

「ぼく、いて、邪魔じゃない？」

ぼくは首を振る。

「べつに」

それから、多少恥ずかしい思いをしながらつけ加えた。

「どっちかってえと、いてくれたほうがありがたい」

ぼくが言うと、和泉は嬉しそうにする。なんだかガキくさい奴だと思った。

「お前……変な奴だなぁ」

ぼくはそう、つい正直に口に出した。和泉はすると、寂しそうにする。

「うん。……そうなんだ。ぼくは変なんだよ」

「べつに悪い意味で言ったんじゃねえよ。——お前、なんでおれを呼び捨てにしたいわけ？」

訊くと、和泉は俯《うつむ》く。

「ごめん。嫌なら……」

「もういいって。ただ、なんでかな、と思ってさ」

和泉はちょっと印象的な、真っ黒な目を伏せた。

「一度、呼んでみたかったんだ」

「名前を、呼び捨てにしてみたかったわけ？」

「うん。そういうのって、ずっと羨《うらや》ましかったから」

「ふうん。経験ないのか？　呼び捨てにしたことも？　されたことも？」

和泉は頷いた。叱られた犬みたいに見えた。あるいは、本当に幼い子供のような。

「父ちゃんと、母ちゃんも？」

訊いてぼくは後悔した。訊かなければよかったと瞬時に思った。それほど和泉はせつない顔をした。

「うん。名前を呼んでもらったことはないなあ。……こら、とかね、そういうふうに呼ぶんだ。お父さんもお母さんも、ぼくのことが嫌いだから。ぼくは気持ち悪いんだって」

「そんなことは――ないって」

ぼくが言うと微笑う。

「いいんだ、分かってるから。みんな言うもの、気持ち悪いって」

なんだか子供が無理をして笑ってるみたいで、見てるほうが辛《つら》かった。

「そういうの、『天才の孤独』って言うんだぜ」

和泉は目をパチクリさせた。

「人にはない才能があると、理解されにくいってこと」

「そんなんじゃ、ないよ」

困ったように言う。

それを見ながら、悪い奴じゃないじゃないか、と思った。

思ったとたん、またあの嫌な気がした。金子《かねこ》のときと同じだ。目の前の人間が嫌で嫌でたまらないあの感じ。

和泉はカップをくわえたまま真っ黒な目を上げた。ぼくは無理に微笑って見せた。心の中に何かとても苦《にが》いものが残った。

その時だった。ふいに廊下で激しい音がした。驚いてぼくは腰を浮かす。ドアが閉まった音だと分かった。おそらくは――隣《となり》の部屋のドアが叩《たた》きつけられる音。

「八号室だ。……なんだろう」

外を見に行こうとするぼくを和泉は制す。ぼくは手を挙げた。

「いいよ。今度はおれが行く」

「危ないよ」

「だから自分で行くんだろ。ここにいろ」

言ってドア・スコープを覗く。レンズ越しに見る限り、廊下に異状はなかった。

そっと鍵をはずし、耳を澄ます。何の物音もないのを確認して、今度は静かにドアを開けてみた。

半身を乗り出して廊下の様子を窺う。

そしてぼくは見なければよかったと思った。

三階の階段の降り口に、子供の後ろ姿が見えた。

5

ぼくは廊下に出た。いつもに比べ、廊下の明かりは数段、暗いような気がした。俯いて、子供はこちらに背を向けて、階段を上がったところにしゃがみ込んでいた。黙々と腕を動かしている。

（三階へ来たんだ。……やはり）

やはり、お前の狙《ねら》いはぼくか。

よく見てみると、子供はたしかに幼稚園児にしては大きいような気がした。スモックのようなものを着ているけど、本当にスモックだろうかと疑って、近くでしみじみ見たわけじゃない。そんなふうに見えるだけなんだろう。

おそらく——とぼくは思った。

隣の大林《おおばやし》さんは、あれを見て部屋に逃げ込んだのだろう。もっとも、見たのが絵なのか、それとも子供なのかは分からない。

ぼくはその子をじっと見つめた。ふいに何かが腕に触れる。振り向くと、和泉が心配そうにぼくの服を引っ張っていた。

「……和泉、あれ、見えるか」

訊くと頷く。それから、さらに服を引っ張る。

「見てないほうがいいよ、浩志」

「……ああ」

子供の背中を見る。ぼくは声をあげた。

「おれが目的か？」

「よしなよ、浩志」

「おれが目的なんだろう？」

ぼくが言うと、突然子供が振り返った。その表情は、影になっていて分からない。ただ、いつかのように含み笑う声が聞こえた。その顔を確認したかった。ぼくはオサルの顔を覚えていないが、見れば絶対に思い出す、という気がした。一歩踏み出そうとしたら、すごい力で引っ張られた。

「和泉！」

和泉はものも言わずにぼくを引っ張る。引き倒す勢いでぼくを部屋の中に入れて、音高く鍵をかけた。

「相手にしちゃ、だめだよ！」

「確認したかっただけだ」

「相手にしたら、勘違いされちゃう。声をかけたりしちゃ、だめなんだ」

　和泉は言い募《つの》った。

「勘違い……って」

「相手にしたら、自分を構ってくれる人なんだって思うよ。殺して連れて行けば、ずっと相手をしてくれるんじゃないかと思うの。だから、話しかけたりしちゃ、だめなんだ」

　なんだか、その様子が必死で、悪いことをしたような気がしてしまう。

　そういえば、どこかで聞いたことがある。無縁仏《むえんぼとけ》に手を合わせてはいけない、という話。もっと慰《なぐさ》めてほしくて、ついて来るからと。

「悪い。……でもな、じつは分かってるんだ」

「何を？」

「次はおれなんだよ」

　和泉は言葉に詰まった。その様子で、和泉も分かっているんだと思った。

（許さないからね）

(絶対に、許さないから)

(恨んでるよ)

昔いじめられた意趣返しか。それとも昔の同級生に会って、単に懐《なつ》かしいのか。あるいはその両方か。

オサルは死んだ。そしてここに捕らわれてる。仲間を欲しいと思っている。

(あいつは、なんで死んだんだろう……)

思い出せなかった疑問の答え。同級生が死ぬなんて、他にはない経験なのに。その死因を覚えていないのは、なぜだろう。事故だろうか? それとも病気だったんだろうか?

息が詰まって仕方なくて、窓を開き、風を入れた。夜の中に溶け落ちて、丘の影は見えなかった。それでも、そこにあるのが分かる。

(カイジュウのナイゾウ)

なんだろう、この言葉。

(お葬式があります)

(「ヘンキョウ」で葬式だって)

(……くんを最後に見たひと)

これは、なんだ。
(見かけたひとはいませんか……)
滝《たき》先生の声。
(放課後……会ったひとがいたら)
ぼくは猛烈な嫌悪感に襲われる。
嫌だ。思い出したくない。
(見かけたひとを知っていたら、先生に知らせてください)
ぼくは、これ以上、思い出したくない。
(……あなたも気をつけてね)
母親の声。
クラスの奴ら。浮わついた空気。先生の顔。
(オサル、五百万だって)
(警察、来てたぜ)
(見つかったんですって。ほら、あの子)
ぼくは顔を覆《おお》った。床に座り込んだ。その場につっぷした。
(ぼくも……)

思い出したくない。——これ以上は嫌だ。

(ぼくも、行ってもいい?)

(ぼくも)

(行ってもいい?)

6

「浩志……?」

顔を上げると、和泉が心配そうに覗き込んでいた。

「——思い出した」

ぼくは言った。和泉は首を傾げた。

「思い出したんだ。……あいつはぼくらが殺したんだ」

「何、それ?」

「連れて行かなかったんだ。それで死んだ」

――思い出した。

ぼくはオサルが嫌いだった。ぼくだけでなく、クラスじゅうの子が嫌っていた。

オサルはひどく瘦《や》せた小柄な子供だった。どういうわけだか、いつも身体《からだ》じゅうを痣《あざ》だらけにしていた。特に醜《みにく》いわけでも性格が悪いわけでもなかったが、子供らしい天真爛漫《てんしんらんまん》なところが奴にはなかった。すごくおとなしい暗い子供で、殴《なぐ》ってもいじめても、ウンともスンとも言わなかった。

べつに頭が悪いわけではなさそうだったけど、オサルは教師に指名されても、全く口を開かなかった。今から思えば、ひどく緊張した様子で、いつも泣きそうな顔をしていた。

子供だけの場になれば、いくらかは喋ったが、それは明るい快活な会話には程遠かった。どことなく人の顔色を窺うふう。歯切れの良いところがなくて、始終おどおどとしていて鬱陶《うっとう》しい。だから男の子も女の子もオサルを嫌っていた。

暗くてたまんねえ、というのがぼくや友達の一致した見解だった。

オサルは暗い子供で、いじめられっ子で、みんなと一緒に遊ぶということをしなかった。できなかった、と言ったほうが正しいだろう。

いつもひとりで飛行機を作っていた。

あれは一月か二月ぐらいの、寒い盛りのことだったと思う。

ぼくらはあの神社に行った。クラスメイトの男の子ばかりが数人。その中には、金やんも交じっていた。あの石段は「怪獣の内臓」と呼ばれていた。誰の命名だったかは覚えていない。きっと誰かが「怪獣の内臓みたいだ」と言って、それでついた名前だろう。

ぼくらは神社に遊びに行って、そこでオサルに会った。なんとなくそれが面白くなくて、別の場所に行こうという話になった。誰かが、うちに来いよと言い出して、話がまとまった。それを横で聞いていたオサルは言った。

「ぼくも、行ってもいい?」

そう訊いたオサルをぼくたちは笑った。

例によって意味もなく小突きまわし突き飛ばして、無様に転倒するのを笑い、さんざんいじめて、置き去りにした。

友達と笑いながら肩をならべて石段を降りるぼくらを、オサルが悲しげに――そして羨ましげに見送っているのを分かっていたが、ぼくはその視線を踏みにじって歩くことに奇妙な高揚感を覚えていた。

帰り道、誰ともなく、オサルはナマイキだ、と言い出した。誰もがサディスティックな快感に酔っていて、深い意図もなくオサルをこらしめてやろうということになった。

明日、学校で会ってもオサルを無視する。オサルと口をきいた奴は罰金だ、と意見がまとまった。

翌日、誰もが勢い込んで学校に行った。しかしオサルは学校に来なかった。

そして十日後、神社の縁の下から奴の死体が見つかったのだった。

事情が分かったのは死体が見つかった頃だった。

オサルは誘拐《ゆうかい》されたのだ。身の代金は五百万。脅迫《きようはく》電話は一度しかかかってこなかった。その一度の電話の前に、オサルはすでに殺されて、神社の床下に投げ込まれていた。オサルが殺されたのは、ぼくらが置き去りにした、そのすぐ後のことだったらしい。

おそらく犯人は、境内《けいだい》にぽつねんと取り残され、ひとりぼっちになった子供に目をつけたのだ。それでなくても神社は丘の上、林に取り囲まれて人目から遮《さえぎ》られている。

クラスメイトにいじめられ、半べそをかいて蹲《うずくま》った子供に優しげに声をかけ、名前や家を訊き出すことは、さぞかし簡単なことだったろう。

石段をくだりながら最後に振り返ったとき、オサルは地面に座り込んで、足を抱えていた。ひょっとしたら転んだときに足を強く打つか、捻挫《ねんざ》でもしていたのかもしれない。だとしたら、両親を呼んであげよう、とお為ごかしに言ったりすれば、住所や電話番号でさえ訊き出すことは容易《たやす》かったに違いない。

犯人はオサルを見つけ、声をかけて家を訊き出した。それから殺して死体を隠し、その夜、オサルの家に電話をかけた。

近所に住む子供が、ぼくらと入れ違うように神社を出ていて、オサルと話をしているぼくたちを見ていた。先生は、最後にオサルと話していたひとを知っていたら教えてください、と言った。そのひとたちは犯人を見たかもしれません、と。

ぼくらは怖かった。犯人らしき人間は見なかったが、名乗り出れば犯人から仕返しをされるような気がした。ぜったいに秘密だとぼくらは約束した。

最初は犯人が怖くて言えなかった。次いで、自分たちのしたことが後ろめたくて言えなかった。ぼくらは二度と神社に遊びに行かなかった。「辺境」にさえ遊びに行くことが減った。

そしてそれきり、「オサル」という名前は禁句になった。

7

気がつくとぼくは、思い出したことを和泉にまくしたてていた。

「ぼくらのせいなんだ。ぼくらが殺した」

和泉はピシリとした声を出す。

「違うでしょ。浩志は関係ないよ」

「関係ないもんか。ぼくらが連れて行けば死なずにすんだんだ。あんなふうに置き去りになんかしなかったら。それだけは絶対に間違いない」

「絶対なんて、言いきれるの？」

強い口調で言われて、ぼくは返答に詰まった。

「人にはね、寿命というものがあるんだ。きっとそれが、その子の寿命だったんだよ。浩志が連れて行ったって、帰ってから死んだのかもしれないでしょ？　そういう運命だったんだよ、きっと」

「そうじゃない！」

あの子——あの子。黄色いチョーク。血みどろの落書き。

オサルはぼくを恨んでいるだろうか？

——イエス。

オサルの家。無惨《むざん》に殺され、さまよっていた恨み。そこに建ったグリーンホーム。越して来たぼく。復讐《ふくしゅう》のチャンス。落書きは近づいてくる。五号室の住人は死んだ。

（死んじゃえ）

ぼくは自分の犯した罪を知っていた。その当時のぼくにとっては、あまりにありがちな他愛のない行為、悪意もなく、罪の意識も生まないような些細《ささい》なことのつもりだったのだけれど、それが引き起こした重い結末のために、深い罪悪感を持ち続けていた。

（恨んでるよ）

ぼくは嫌悪した。自分の行為を、自分を、あの事件に係わった全ての人物を。だから、忘れたかった。オサルのことも、金子のことも、神社のことも。全部、覚えていたくなかった。

（絶対に許さないからね）

「恨んでるって、言ってた」

ぼくが言うと、和泉は眉《まゆ》をひそめる。

「誰が?」

ぼくは話す。浴室にいた子供。その子の声。

聞き終わって和泉は厳しい声で言った。

「それは違うよ」

「違う、って、何が」

「それは単なる悪戯だってこと」

「どうして……」

和泉はぼくの目を覗き込む。

「落ち着いて。——いい? 霊というのは、とても嘘《うそ》つきなの」

(嘘?)

「いくらでも嘘をつく。だから、信用しちゃだめだ」

「でも……」

「そいつは、浩志の感情を読んで、浩志が言われたくないと思っていることを言っただけだと思うよ」

(言われたくないと……思っていること)

「浩志と死んだ子しか知らないことを言ったのならともかく、そうでもなきゃ、信用しちゃだめだよ」

「そう……なのか?」

ぼくは急激に力が抜けていくのを感じた。

「そう。第一、その子は神社で死んだんでしょ? だったら、ここに捕まる理由なんて、ないんじゃないの?」

(……そういえば……)

「もっと強く、生きたいと思わなきゃだめだよ。そうでなきゃ、取り込まれてしまう」

和泉は強く言う。

「……思ってるよ」

「嘘だよ。もしもあの落書きの犯人がその死んだ子なら、殺されても仕方ないと思っていたんじゃないの?」

(……そう……そうかもしれない)

「そういう考え方はだめだよ。死にたくない、生きたい、って強い願いだけが、あいつらから守ってくれるの。ね、あの手紙と一緒だよ。あの手紙に共感した人が、自殺するんだ。何か共感するものがなかったら、誰も浩志を連れて行けない」

　ぼくは頷いた。

「そうだな……。そうだ。ごめん。ありがとうな」

　和泉はようやく厳しい気配を解《と》いて微笑った。

「うん。だいじょうぶだから。ぜったいに、ぼくが守ってあげるから」

「……お前が？」

　からかうように言うと、和泉はごく真面目な顔で頷く。

「うん。ぜったい」

　本当に子供みたいな奴だと思った。まっすぐな子供みたいな。

「んじゃ、アテにしてやるか」

「……うん」

　和泉は不思議なくらい、嬉しそうな顔をした。

8

　その後、和泉がいつ帰ったのか覚えてない。ぼくがウトウトしていると、しっかり鍵をかけなきゃだめだよ、と言って部屋を出ていった。もう明るかったのは記憶に残っている。半分眠って鍵をかけた。本格的に寝て、目を覚ますと三時だった。

学校をサボってしまった。

そう思いながら、廊下の様子を見た。

(だいじょうぶだ。恐れたりしない)

落書きはぼくの部屋の前で止まっていた。正確には部屋の寸前で。ひとつだけ、バラバラになった死体がドアの前に描いてあった。

ぼくは我ながら、それを淡々と眺めた。

落書きは、昨夜あの子がいたあたりから始まっていた。するると、昨夜のぶんはあそこまでで終わりだったのか。それを朝、誰かが見つけ、野崎《のざき》のおじさんが例によって消した。そのあとに、子供は続きを描いた。そういうことだろう。

冷静に分析している自分がおかしかった。

食事に出て、それから部屋に戻った。

(死にたくない、生きたいという強い願い)

その通りだ。

ぼくはひとり頷いた。頷いて、たった十一日間、暮らした部屋を見渡した。見渡しながら、ここを出ようと決心していた。

父親は文句を言うだろう。尚子おばさんは戻ってこいと言うだろう。つまらない小《こ》競《ぜ》り合いになるに違いなかったし、本当に家に連れ戻されることになるのかもしれなかった。——それでも。

(死ぬのに較《くら》べたら、マシだよな)

そう、絶対にマシなはずだ。

たしかにぼくは、あの落書きの男の子がオサルなのだったら、殺されても仕方ないという気がしていた。それは決して、罪悪感があるから自分の死を受け入れてもいいという気分になっていた、という意味じゃない。

ぼくはこんな部屋から、逃げ出してしまいたかった。ここに住んでいるのは嫌だった。けれども家に戻るのも嫌で、連れ戻されずにすむよう、父親や尚子おばさんを説得するのも嫌だった。きっと言っても理解されない。徒労感を味わうのが嫌で、小競り合いをすること自体が嫌だった。

ぼくはグリーンホームにいたくなかった。そして同時に、ここを出たくなかった。

出るために行動を起こした、その結果を引き受けることが嫌だった。ぼくの選択肢は限られているのに、そのどれもが嫌で、ぼくは何も選択したくなかった。不本意な選択から逃げた結果が、なるようになればいい、という居直りだったのだ。オサルに対して負い目がある、だからあいつが復讐するというなら、それも仕方がない。そう、自分に言い聞かせて、その実、やっぱりぼくは自分が殺される事態なんてものを身に迫って感じてなくて、心のどこかで高《たか》をくって、不本意な選択を拒《こば》んだ。

それぞれの選択肢が持つ、メリットとデメリット。それを比較し、選び取って、デメリットを引き受けることを、ぼくはしたくなかった。あれも嫌だ、これも嫌だで駄々をこねる子供のように蹲り、場当たり的にその場をしのごうとした。——結局のところ、ぼくがグリーンホームに今いることの理由だって、そこにある。

(和泉、そういうことなんだろ?)

なんとなく微笑《ほほえ》んだとき、チャイムが鳴った。

「……どなたでしょうか」

スコープを覗くと、隣の大林さんの顔が見えた。いつもの不機嫌そうな表情はない。

「隣の者なんですけど」

ぼくはチェーンをかけたままドアを開けた。

大林さんは、セカセカと身体を揺すって、ぼくに訴える。

「つかぬことを伺《うかが》いますが、お宅に何か変なものがありますか」

「……変なもの？」

訊きながら、ぼくはチェーンをはずした。

「ええ。うちの部屋で嫌な臭いがするんですよ」

大林さんは訴える。

「君のお宅では臭いませんか？」

「……いえ。特には」

大林さんは首をひねる。

「変だなあ。ぼくの所だけなのかな。本当に何も？」

「ええ。どんな臭いですか？」

「本当にひどい臭いで……気のせいのはずはないんだけど。——ちょっと、来てみてくれませんか」

ぼくは頷き、部屋を出た。ドアを閉めて、鍵を持ってないのに気づいたが、大林さんがひどく急いでいる様子なので、そのまま鍵をかけずに後について行った。

「……最近、妙なことが多いでしょう？　気になってねえ」

ドアを開けてくれる彼にぼくは頷く。

「そうですね——失礼します」

軽く会釈して、ぼくは部屋に入った。部屋に入ったとたん、嫌な臭いが鼻をついた。

「ね？　変な臭いがするでしょう？」

「……たしかに」

「なんの臭いだと思います？」

「さあ……。でも、何か物が腐ったみたいな臭いですね」

「鼠か猫の死体でもあるんでしょうか」

ぼくは首を振る。よく分からない。

「お伺いしてみようと思いましてね、昨夜、お訪ねしたんですがお留守だったようですね」

「……ぼく、ですか？」

「ええ。チャイムを押しても、ノックをしても全然、答えがなくて」

チャイムなんて鳴らなかった。ノックは一度だけ聞こえたけど、しかしあれは、和泉が見に行って誰もいないと……。

「ずいぶん何度もお訪ねしたんですが」

何度も？

ぼくは内心首をひねった。詳しい話を聞いてみたかったが、それよりもこの悪臭のほうが気になった。実体を確かめないではおれない、奇妙な切迫感があった。

「臭いの元はどこなんでしょうね？」

ぼくが訊くと、大林さんはユニットバスのドアを指さした。大林さんの部屋は、ぼくの部屋と左右対称になっている。ぼくの部屋とは反対に、右手にそのドアはあった。

「風呂場なんです。あそこがいちばん強く臭いますから」

「見てみてもいいですか？」

「どうぞ」

ぼくはドアのノブに手をかける。少し建て付けが悪くて、重い手応えのするドアを開いた。同時に、猛烈な臭気が鼻をつく。こんなに激しい臭いを知らないけれど、何かが腐った臭いなのだということだけは分かった。

胸が悪くなって、顔を逸《そ》らした。服をたくし上げ、裾《すそ》で鼻を覆う。それでも息をするのが辛い。

風呂場はけっこう、綺麗《きれい》だった。アイボリー一色の狭い空間。トイレの蓋《ふた》は開いている。洗面台はカラカラに乾いていて、しばらく使われていないのが明らかだった。バスタブに蓋をしてあるのが、半分透《す》けて目に入った。

臭いの元になりそうなものは何もない。シャワーカーテンが引いてあった。バスタブ

ぼくはビニール製のカーテンを開ける。とたんに激しい臭気が襲ってきた。吐きそうになってちょっと退《さが》る。顔を逸らして息を整えた。臭いの元はバスタブの蓋の下のようだった。お湯を落としてないのだろうか。そこに（でも）、鼠か何かが落ち込んで……？

そう考えながら（……けれども）指先ではね上げるように蓋をめくった。

さらに臭いが（これだけの臭いが）強くなる。風呂の中は赤黒いドロ水のようなもので満たされて（見れば分かるような場所に原因があって……）いて、ぼくは鼻を強く押さえながら、目を凝《こ》らした。

（なぜ大林さんは、ぼくに原因を尋《たず》ねる必要があるのだろう？）

そこに何があるのか、しばらくぼくには分からなかった。ドロドロした水の中に沈んだもの。白くぶよぶよとした何かの塊《かたまり》。

改めて覗き込んだ。そこにあるものをぼくの目は認識したが、頭が理解することを

拒絶した。ぼくは呆然《ぼうぜん》とバスタブの中を見おろした。

9

ピタン、と高い音が背後でした。間欠的に音がする。

ぼくはこの音をどこかで聞いたことがある。どこかで——この音を。

何かが……滴《したた》る音。水が硬《かた》いものを叩く高い——音。

突然、自分の身体が弾《はじ》けた気がした。

ぼくの身体が崩壊して、魂《たましい》だけがむき出しになった気が。ぼくは悲鳴をあげたつもりだったが、全然、声にならなかった。バスタブの光景が脳裏《のうり》に焼き付いた。あぼくは振り返った。自分の身体が動いた気はしなかったけれど、視野が移動して背後——バスルームの入り口を捉えた。

大林は手に金槌《かなづち》を持っていた。ぼくを笑いながら見ていた。

ゆっくりと右手が挙がる。時間が間延びした。コマ送りしたようにゆっくりと金槌を持った手が挙がる間に、ぼくは沢山のことを思い出していた。

（五日……）

部屋に入った女の人。ボーイッシュな感じの。
(すぐに、行くからね)
(昨夜、お訪ねしたんですが)
赤黒いドロ水。そこに半ば浮かび、半ば沈んだ白いもの。
白い肉。柔らかなカーブ。腕のライン。短すぎる。
隅《すみ》に浮かんだ指。指につながる掌《てのひら》。手首。それから腐った切断面。
(だいじょうぶ。痛くないよ……)
腕、足、身体、髪——頭。
ブクブクと水面に泡をたてて、腐敗したもの。
(……すぐにすむ。大きな)
バラバラになって汚水の中に溶解しつつある死体。
(ノコギリがあるからね……)
大林がゆっくりと腕を降ろした。
金槌の黒い金属部が光った。柄《え》には、くすんだ染《し》みがついていた。
柄を握《にぎ》った大林の指は節が立って、短く伸びた爪《つめ》の間が黒くなってた。
大林の背後では、キッチンの水道が蛇口から水滴を滴らせていた。

ぼくには沢山の時間があった。ゆっくりと大林を観察する時間が。瞬《まばた》きもせずにそれらを見ていた。

自分に向かって降ろされた金槌が、ゆっくりと緩《ゆる》やかに弧《こ》を描き、鈍《にぶ》い光の残像を残すのまでを、不思議な気分で見守っていた。

突然、視野が傾いた。壁が歪んで激しく傾き、床が頭上に回転する。何か激しい音を聞いた。肩が痛い気がした。——何が起こったのか分からなかった。

金槌は洗面台を砕《くだ》いていた。破片が弾けて、ぼくの目に向かって飛んできた。反射的に瞬きをした。瞼《まぶた》が閉じ、開いた後、時間が急速に流れ始めた。

大林は振り返った。ぼくはとっさに身を起こした。

壁にぶつけた肩が痛んだ。ようやく理解が追いついてきた。ぼくは自分が本能的に身体を投げ出して、金槌の一撃を避《よ》けたのだと覚った。

大林はさらに金槌を握った手を振りかぶる。ぼくは身体を起こしざま、奴の足を渾《こん》身《しん》の力で蹴《け》り払った。

相手が横転し、洗面台に突っ込むのを横目で見ながら、飛び上がる勢いで身を起こす。

洗面台に顔を突っ込んでいた大林は、すぐに顔を上げてぼくに向き直った。再び腕を振り上げる。

ぼくは身体を丸め、頭を下げて相手の懐《ふところ》に突っ込んだ。

大林は吹き飛ばされ、洗面台に激突する。無軌道に振り降ろされた奴の腕を、ぼくが両手で摑《つか》み、壁に向かって叩きつけると、重い風圧をあげて、取り落とした金槌がぼくの頰《ほお》をかすめた。

そのまま大林の腹に肩を入れる。体重をかけて突き飛ばすと、相手の身体が傾いてバスタブに向かって倒れ込んだ。

ぼくは跳《と》び退《すさ》る。大林の上半身がシャワーカーテンを巻き込み、バスタブの蓋をへし折り、飛沫《しぶき》をあげて汚水の中に突っ込むのを確認しながら浴室を転がり出た。玄関のドアに飛びつく。

ドアを力任せに押し開け、ぼくは廊下に飛び出した。

勢いあまってつんのめり、コンクリート製の手摺《てすり》に突っ込んだ。手摺にしがみついて身体を起こしながら、目眩《めまい》のする頭を振る。

クローザーのせいで、飛び出してきたばかりのドアはゆっくりと閉じようとしていた。そのドアに汚れた手がかかった。節の立った手が、閉まりかけたドアを大きく開く。腐臭が廊下に広がってきた。

大林を見据《みす》え、ぼくは立ち上がる。足に力が入らない。頭から汚水をかぶった男は、顔を赤く汚したまま笑った。片手には金槌が握られている。

大林が腕を振りかぶった。ぼくは避けようとし、そして裸足のままの足が滑った。

(避けられない!)

そのとき、ドアが大林の身体に激突した。

第七章　死者には死者の夢

1

ドアが——正確には、八号室のドアに体当たりをした和泉《いずみ》が、ぼくの窮状《きゅうじょう》を救った。大林《おおばやし》は後ろざまに転倒して、玄関に転がった。すかさず和泉はぼくの腕を引っ張る。小柄な身体《からだ》からは信じられないほどの力で、ぼくを九号室の前に引きずった。

和泉がドアを開く。間取りの関係で、八号室のドアと九号室のドアが近いこと、そして鍵《かぎ》をかけずに部屋を出たことが幸いした。

ぼくは萎《な》えた足で自分の部屋に転がり込んだ。和泉が中に滑り込んでくる。ドアの隙間から大林が突進して来るのが見えた。

和泉がすかさずドアを閉め、ぼくがさらに鍵をかけた。

錠《じょう》の下りるカチリという音と同時に、ドアが激しい音をたてて震《ふる》えた。和泉がさらにふたつ目の鍵をかけ、ぼくがドア・チェーンをかけた。

もう一度ドアが鳴った。

ぼくはその場に座り込んだ。

身体も意識も、ぼくの手綱《たづな》を引きちぎって飛び去ってしまいそうだった。

「だいじょうぶ？」

和泉が膝《ひざ》を折り、三和土《たたき》に座り込んだぼくの顔を覗《のぞ》き込んだ。

ぼくは荒い息で声を出すことができず、ただ頷《うなず》く。今頃になって、歯の根が合わないほど身体が震えた。

さし伸ばされた和泉の腕を摑《つか》んで立ち上がる。ドアがまた激しい衝撃に音をたてた。

大林が何かを怒鳴《どな》っているのが聞こえた。

よろめきながら、ぼくは電話に近寄った。受話器を取りあげ、ダイヤルしようとする。指を「1」に降ろしたとき、電話が通じてないのに気がついた。慌《あわ》てて電話線を探す。

小さなモジュラー・ジャックは、このとき、ぼくの手には余った。差し込もうとしても手が震えて差し込めず、何度も取り落として、何度も向きを間違えた。

ようやっとのことでジャックを差し込み、もう一度、受話器を取った。やはり、なんの音もしなかった。

受話器を床に叩《たた》きつけた。

「……電話が使えない」

ぼくが言うと、和泉が受話器を取る。ちょっと耳を当てて、すぐに首を振った。

「何があったの？」

和泉はキッチンに立つ。カップに水を入れてくれた。

ぼくはそれを受け取ったけれども、息が荒くて、とてもじゃないが飲み下せない。カップの縁《ふち》がガチガチ歯に当たって、水を口に入れるどころの話じゃなかった。

ぼくは息が整い、震えがやむまでしばらくの間、喉《のど》の渇《かわ》きにあえぎながら、カップを見つめていなければならなかった。肩で息をして、本当にしばらく経ってから、ようやくぬるい水にありついた。

「……悪戯《いたずら》電話……大林が犯人だったんだ」

バスタブの風景が目に蘇《よみがえ》った。とたんに吐きそうになる。

「隣《となり》の……風呂場に……死体があった……」

「誰の」

「知るか。女だ。前に、大林の部屋に入るの、見たことがある」

「死体、見たの？　すごかった？」

和泉は無邪気な目でぼくを覗き込んだ。

「冗談じゃねえぞ。思い出したくもない」

ぼくが吐き捨てると、和泉はちょっとシュンとする。

「しばらく飯が……」

言いかけてぼくは玄関のほうに目をやった。

「――音がやんだな」

いつの間にか、ドアの外が静かになっている。

「ぼく、見てこようか？」

立ち上がりかける和泉の腕を引っ張って座らせる。

「馬鹿か。外で待ち伏せてたら、どうするんだ！」

そっか、と呟《つぶや》いて和泉は腰を落ち着け、それから首を傾《かし》げた。

「電話が使えないと、警察も呼べないね。どうする？」

白い顔の、子供みたいな目が訊《き》いてくる。

部屋の中はたそがれて、もうずいぶんと暗かった。

「……お前、本当に変な奴だな。怖《こわ》くないのか？」

明《つ》かりを点けながら訊くと、和泉は首を傾げた。

「たぶん、怖くないと、思う」

「なんで。あいつだろ、お前が怖いって言ってた奴。大林に憑《つ》いてるんじゃないのか」

（あいつは何もしないんだ。ただ人に取り憑いて狂わせるだけ）

「……うん。そうだと思う」

「だったら、なんで」

和泉は微笑《わら》った。

「ふたりいたら、なんとかなるよ」

2

それとほとんど同時だった。

ベランダに面したガラスが砕《くだ》けたのは。

部屋じゅうを震わせるほど激しい音がして、カーテンが揺れた。揺れた裾《すそ》から大小の破片が散った。

ぼくと和泉は立ち上がる。

カーテンをめくって、大林が入ってきた。死臭までが流れ込んできた。

背後の空には星。外は急速に暮れつつある。

ぼくは臍《ほぞ》を噛《か》んだ。玄関に鍵をかけて、それですっかり安堵《あんど》して、ベランダのことを忘れていた。無論、大林はベランダの仕切りを乗り越えてきたのだ。

大林は笑っていた。その声に聞き覚えがあった。電話で何度も聞いた声だ。

片手には相変わらず金槌《かなづち》を持っている。ガラスを砕いたとき切ったのか、その手は真っ赤だった。笑ったまま大林は近づいてきた。

和泉の小柄な身体が前に出た。

「鍵」

短くそう、ぼくに命じる。ぼくは迷い（和泉の体格じゃあの男を止められない）、迷う暇《ひま》のないことを思い出して玄関を振り返った。

そこに子供がいた。

黄色いスモックを着た子供が、玄関の三和土にしゃがんで、ドアに落書きをしていた。

「浩志《ひろし》！」

見ると、振りかぶった男の手を捕らえた和泉がこちらを見ていた。

「そいつはだいじょうぶ！　逃げろ!!」

言われる前に身体が動いていた。

ふたりに駆け寄り、大林の腕を摑む。金槌を握《にぎ》った腕を捻《ひね》って押し上げた。

「浩志!」

「鍵……頼む」

和泉が抜け出る。ドアに向かって走った。

大林はくぐもった呻《うめ》き声をもらす。さらに力をかけてくる。その腕をさらに両腕で支えると、踏みしめた足に向かって蹴《け》りが飛んできた。

足をすくわれて横転する。

覆《おお》いかぶさってきた男の姿を視野の端に捉え、身体を転がして逃げる。

両手をついて身体を起こしたところに、重い風圧が飛んできた。とっさに逃げたが、腕を硬《かた》い衝撃が掠《かす》った。その反動でよろける。よろけて壁ぎわに追いつめられたぼくに二撃目が飛んできた。

思わず目をつぶったが、衝撃は来なかった。

目を開けると和泉に体あたりを喰《く》らって、大林はテーブルに突っ込んでいた。

「和泉!」

小さな身体が飛ぶように退《さが》る。

ぼくはそれを確認しながら、身を翻《ひるがえ》して玄関に走る。

子供はまだそこに蹲《うずくま》っていた。小さな背中。

(ぼくは死なない)

(あんな奴に殺されたりしない)

(和泉もぼくも、死んだりしない)

子供が振り返った。ドアを背に立ち上がる。

ぼくは思わず立ち止まった。

――皺《しわ》の深い顔。内側に向かってめくれるようにして落ちくぼんだ口と、皺の中に埋《う》もれるように沈んだ眼窩《がんか》と。

ミイラのように萎《しな》びた老人の顔だった。

歯のない口が笑った。

ひび割れた声が言う。

「逃がさないョ……」

背後でガラスが砕ける音がした。振り返ると、残ったもう一枚のガラスに、もみ合った和泉と大林が突っ込んだところだった。

ベランダに倒れ込みそうになって、和泉が体勢を立て直した。大林の身体だけが外に向かって転倒する。

ぼくはドアに向き直る。背後に和泉が駆けてくる気配を感じて。

立ちはだかった子供（老人？）は笑う。

構わず足を踏み出した。

「どけ！」

（誰も殺させない）

（ぼくも和泉も生き延びてみせる）

「どけっ!!」

そいつの身体には構わずドアに飛びついた。子供の身体に踏み込んだはずだが、感触はなかった。鍵を外しながら視野の端で足元を見る。

もちろん子供の姿はなかった。

ぼくは鍵を外し、チェーンを外してドアを押した。

——そして、ドアは動かなかった。

3

起き上がった大林に、和泉が対峙《たいじ》する。

ぼくは渾身の力でドアを押した。

ドアは五センチほど開いて、そこから先はビクともしなかった。

その隙間から、外に物が積まれているのが見えた。

「――あんたか!?」

叫んで振り返ると、和泉に向かって振り上げた腕を止めて、男はヘラヘラ笑った。

「開かないよぉ」

子供をからかう口調だった。

「絶対に、開かないもんねー」

そう音程の狂った声で言って、大林は大笑いした。

和泉が退る。男が出る。

ぼくらは玄関のほうへ追い詰められた。

大林は大きく金槌を振りかぶる。ここは狭くて、逃げ場がない。

とっさに、和泉が浴室のドアを開いた。盾《たて》のようにそれで金槌の一撃を受け、さらにドアを叩きつける。大林がたたらをふんだ。

ぼくは前に躍《おど》り出る。身構えた奴に体当たりして、身体を浴室の中に突き飛ばした。

激しい音をたてて、大林の身体が中に転がり込んだ。

ぼくは大林が跳ね起きるのを待った。頭を振り、金槌を拾って突進してくる鼻先にドアを叩きつける。大林に当たって跳ね返るドアを渾身の力で押し戻す。壁を震わせドアが閉まり、そのドアに背をあてて大林を浴室に閉じ込めた。

気がつくと、また肩で息をしていた。短い時間に酷使《こくし》された身体と意識が、灼《や》け切れてしまいそうだった。

ドンッと重い衝撃が肩に当たる。大林は中で意味をなさない怒鳴り声をあげながら、ドアを叩いている。もう一度、衝撃が来て、ドアが浮く。下半身に力を込めて、それを背中で押し戻す。和泉が並んでドアに肩を当てた。

体当たりを繰り返しているらしい男の力を背中でせき止めながら、ぼくはあたりを見回した。何かでドアを押さえなければ。

ぼくの部屋に、男の打撃を押しとどめられそうなものはなかった。冷蔵庫でさえ高さが足りなくて、とうていドアを支えきれないだろう。ドアは浮き、それを押し戻し、歯を食いしばり両足をふんばる。汗が額《ひたい》を伝い、目の中に入った。

「和泉、ケガないか」

「だいじょうぶ」

（どうすれば……）

目で玄関のドアを見る。ここは使えない。外には重そうな家具が積みあげてあった。

では、ベランダだ。ベランダの仕切りを越えて、隣に行くか、それとも飛び降りるか。どちらにしても、そこにしか逃げ道はない。しかし——。

大林は中で金槌を振り回しているらしい。背中に伝わる衝撃がさらに重く鋭利になった。

衝撃を背中で受けながらぼくは、ベランダまで走り、手摺《てすり》を（あるいは仕切りを）乗り越えるまでの時間を計算する。その何秒かのうちに、大林が何をできるかも。

最初のひとりはいい。片方がドアを支えている間に逃げられる。

しかし、残ったもう一方は？

まるでぼくの思考を読んだように和泉が言った。

「浩志、先に行きなよ」

「馬鹿」

行けるはずがない。和泉を置いて。

それでぼくは黙ってドアを押さえている。

「だいじょうぶ。二対一だ。誰かがこの騒ぎに気がついて、駆けつけてくるまでぐらいはねばれるさ」

言いながら、ぼくは内心、軽い絶望を感じていた。

果たしてそれまで、このヤワな浴室のドアが持ちこたえられるだろうか？

和泉は複雑な顔でぼくを見た。ぼくは無理をして微笑った。和泉も顔をほころばせかけ――そして、ふと玄関のほうを振り返った。

「浩志……」

ぼくもつられてそれを見た。

「火だ」

4

正確には煙だった。ドアの隙間から、ごく薄く煙が流れ込んできていた。

「和泉、行け」

ぼくは言ったが、和泉は首を振った。そのとたん、また激しい衝撃がドアの内側から来た。

「浩志が、行かなきゃダメだ」

どちらも相手を見捨てて逃げられない。

ドアを破られるか、火がまわってくるか、誰か人がやってくるか。

三つのうち、どれがいちばん早いだろう。

「まだ時間がある」

自分に言い聞かせるように言ってみたが、あてにならないことは分かりきってる。

火がまわればまわるほど、救援の来る可能性は少ない。ぼくは建物の立地条件を思い浮かべた。ベランダまで梯子《はしご》車が来ることは不可能だ。消火作業自体が、困難を極めるだろう。

そして――どこかで聞いたことがある。

バックドラフトという現象。

火元がどこにせよ（たぶん、大林の部屋だ）、火は部屋を舐《な》めつくして天井裏に入る。狭い天井裏を火が駆け抜け、一旦、炎は空気を燃焼に使い果たしておとなしくなる。そのうちどこからか天井裏に穴があく。天井板の下は酸素の宝庫だ。火はそこから噴き出し、空気中の酸素を一気に使って爆発する勢いで燃え広がる。

ゆっくりと火がまわってくるなんて、あり得ない。この部屋に火が入るときは一気に火の海になるときだ。

それでも、ぼくは笑顔を作って和泉を見た。ドンッと背中をドアに叩かれて、とっさに顔をしかめたので成功はしなかったろう。

「だいじょうぶ、何とかなるって」

和泉はひどく悲しそうな目でぼくを見上げてきた。

「逃げてよ、浩志」

「ばぁか」

ぼくは笑って（今度は成功したと思う）、和泉の顔を見る。

「この馬鹿騒ぎがおさまったら、どっか遊びに行きてえな」

「そう」

「どっかさ、明るいところに遊びに行こうぜ」

和泉はキョトンとぼくを見た。

「──ぼくと？」

「べつに、外に出られないわけじゃないんだろ。行こうな、遊園地とかさ、ガキくさいところ」

「……広いところがいいな」

「ＯＫ。広いところ。海とか？」

「いいね」

和泉は笑う。呆《あき》れるほど子供じみた笑い方だった。

「追い風に乗ったらすごいだろうな」

「なにが」

「見せてあげる。最新――」

言いかけて、和泉はハッとしたように口をつぐんだ。

「最新――何？」

真っ黒な目がぼくを見る。和泉は答えず、首を振った。

「……それより、早く逃げないと」

大林は中でドアに体当たりを繰り返す。疲れると金槌でドアを叩く。

この分では、ドアが吹き飛ぶのが最初だろう――そう思ったとき、部屋の隅《すみ》の天井が落ちた。

5

予想どおりだった。天井板が悲鳴をあげると同時に、板が降ってそこから炎が噴き出した。

本当に、何かの爆発シーンを見るみたいだった。透明な炎が薄い花弁を幾重にも開くみたいにして部屋に広がった。瞬《まばた》きするほどの時間もないうちに。

ぼくは妙に感動してその光景を見た。炎は開くと同時に床を焦《こ》がし、天井を舐め壁を這《は》った。

窓ガラスが砕けていたのが幸いした。炎はぼくらを炙《あぶ》りはしたが、焦がしはしない距離を窓に向かって吹き抜けていった。

部屋の中にろくに家財がないのも幸いした。床や壁を舐めた炎は、塗料を燃やして勢いを失った。――それにしても、時間の問題なのは明らかだった。

突然、風呂場の中で大林がゲラゲラ笑いだした。リズムをつけてドアを叩く。

鋭い衝撃が背中を叩いた。

「こりゃ、いよいよ心中かな」

ぼくはおどけて言ってみた。けっこう落ち着いてる自分に感動した。

和泉が厳しい声で言った。

「逃げて」

ぼくは首を振る。先に逃げることだけはできない。

「逃げてよ」

和泉がすがるような目をした。

「ぼくはだいじょうぶだから、浩志は逃げてよ」

そう言ってぼくの身体を押した。

「和泉！」

冗談じゃない。ぼくだけが逃げられるわけがない。

和泉を見捨てて逃げるのか、そしてまた忘れたふりをして暮らすのか。火事を見るたび、わけの分からないまま、吐きそうなほどの嫌悪感に悩まされるのか。

ぼくは和泉に近づいた。和泉がぼくを突き飛ばした。同時にドアが激しく浮く。和泉がそれを押さえた。

「頼むから行ってよ。どうせぼくは、逃げられない」

和泉はぼくを厳しい表情で見つめる。

「どうして!?」

「どうしても。出られないんだ。捕まってる」

(捕まってる)

　ドッと部屋の隅の天井が落ちた。

「行ってよ。浩志も出られなくなる」

「行けるかよ!」

「ぼくは、それでもいいけど。浩志とこのまま、ここにいても」

　和泉はひどく切ない顔をした。

「ここは怖い人ばかりだから。でも、浩志は死にたくないよね?」

　落ちた天井板が燃えくさになって、本格的に壁を炙り始める。

(死にたくない? もちろん、死にたくなんか、ない)

　和泉はぼくを見る。本当に悲しい顔で。

「死ぬのは——怖いよね。とっても辛《つら》いし」

「てめえだって、そうだろうが!」

　ぼくは和泉の腕を引っ張った。

　一か八かだ。こうなったら和泉を引きずってベランダから飛び降りる。

その手を和泉が激しい勢いで振り払った。

煙が熱気に乗って部屋の中を吹き荒れた。すでに部屋の半分が完全な火の海だった。

和泉は台所のシンクを指さした。

「水をかぶって、突っ切るんだ」

(……和泉?)

「行けない」

「行って」

一緒に、と言おうとした。一緒に行こう、と。

(一度、呼んでみたかったんだ)

(ずっと羨《うらや》ましかったから)

(名前を呼んでもらったことはないなあ)

ぼくは和泉を呼ぼうとした。

一緒に来るんだ、聡《さとる》、と。

口を開いた。

「一緒に来るんだ、オサル」

6

なぜ、そんな言葉が口をついて出たのか分からなかった。
聡——サトル——と呼ぼうとして、つい口をついて出た。
和泉はぼくを見上げる。ひどくもの言いたげな目でぼくを見た。
……和泉。いずみ。
ぼくは口の中で繰り返す。
ぼくは、この名前を知ってる。
和泉聡。イズミ、サトル。
——サル——オサル。
ガクンと身体が沈んだ気がした。
「……オサル？」
和泉は微笑う。目を細めてぼくを見つめた。
「……そんな」
はずはない。だって。

オサル。

それが和泉の呼び名だった。子供のつけるあだ名の原理はひどく単純だ。「サトル」という音が詰まって「サル」になり、さらに「お」がついて「オサル」になった。

和泉は暗い子供で、いじめられっ子だった。いくらいじめてもウンともスンとも言わなかったので、誰もがかさにかかって余計にいじめた。

そして――和泉は死んだ。

死んだのだ。

(ぼくも、行ってもいい?)

……あの日、神社で彼を置き去りにした。そして、それが和泉を見た最後だった。あの神社の床下から、和泉の死体は見つかった。ぼくらと別れたその後に、和泉はそこで殺された。

ぼくは忘れたかった。だから忘れた。

それでも、きっとそれは心の奥底に化石になった種子のように残っていた。

今ぼくは思い出した。

和泉聡というのは、オサルの名前に間違いなかった。

ぼくは呆然《ぼうぜん》としていた。目の前にある顔を愕然《がくぜん》として眺めた。

浴室の中から響く声も、熱波を巻き上げる炎も、一瞬ぼくの認識から完全に消えた。

和泉は浴室の扉を背中で押さえたまま、ぼくを見ていた。子供みたいな綺麗《きれい》な目がぼくを映していた。その瘦《や》せた白い顔に、昔、神社に置き去りにした子供の顔が重なった。

和泉は軽く笑った。

「逃げてよ。ここはぼくが押さえておくから」

そう言ってぼくの身体を押した。ぼくの身体は力をなくして、弱い力に押されるまま二、三歩その場を離れた。

（おまえ……）

反応できないぼくに、和泉が頷く。

「行きなよ、浩志」

「和泉……？」

行け、ともう一度和泉が促《うなが》した。

「おまえ……オサルなのか……？」

答えはなかった。和泉はただ、微笑った。

「……どういうことだよ！　何だよ、これは!?」

叫ぶぼくに、和泉は笑みを崩さない。

「……飛行機」

「え？」

和泉は微笑った。

「飛行機……取り返してくれたろ。あれ……すごくうれしかった」

（飛行機……？　それは）

「行って。もう、時間がないから」

ぼくは状況を上手《うま》く理解できなかった。それで思わず叫んでいた。

「お前も来るんだ！　死ぬぞ!!」

和泉は微笑う。

「ぼくは……これ以上、死んだりしない」

もう一度、白い手が行け、と促した。促されるままぼくは身を翻した。

半信半疑のまま、ぼくは炎をつっきるようにして走った。破片を踏んで（お前……）ベランダに出る。下を（本当に）見おろした。さすがに一気に飛び降りる気にはなれなかった。手摺を（オサルなのか……？）乗り越える。片足を跨《また》いで和泉を振り返った。

部屋の中は、すでに火の海だった。和泉は炎に包まれていた。透明な炎、揺らめく熱気、その中で和泉の姿は歪《ゆが》んで見えた。

行け、と和泉は手を動かした。

和泉は炎を——気にしてなかった。表情にも姿勢にも、生命を奪われつつある生き物の気配はなかった。炎は和泉を焦がしてはいなかった。

「和泉！」

ぼくの声は熱気に焼かれて雲散霧消した。

（ぼくは……これ以上）

和泉は炎の中で微笑う。行けともう一度、手を動かした。

（死んだりしない）

ぼくは手摺を乗り越え、手摺を摑んで身を乗り出し、そして諦《あきら》めきれずに振り返った。

炎の中に小さな影が見えた。痩せた小さな子供の影。表情はもう見えなかったが、細い腕が動いて軽く挙がった。

別れを告げているのだと、分かった。

手摺にぶら下がり、そしてぼくは手を放した。

第八章　緑の我が家

1

ぼくは軟着陸に成功した。ベランダの下が庭だったのが幸いした。それでも転がり、全身を打って苦悶《くもん》し、ようやく我に返って上を見上げたとき、すでにぼくの部屋のベランダは、夜空に向かって炎を噴き上げていた。

火傷《やけど》がひりつくのをこらえ、痛む足を引きずって外に出て、そのまま路地の入り口で、建物が——路地の奥の白い壁と、緑の扉が焼け爛《ただ》れていくのを見ていた。

炎が屋根から噴き出し、壁を舐《な》め、黒煙が白い壁を汚していった。

産毛が焦《こ》げるほど熱くても、ぼくはそこから動けなかった。路地の入り口から黙って炎をあげる建物を見上げていた。

「災難でしたねえ」

急に声をかけられて、ぼくは慌《あわ》てて声のしたほうを振り向いた。

背の高い男の人が、炎に照らされて赤い顔をしていた。その隣《となり》では、同じ年頃の女の人が子供を抱いて、放心したように顔を上げたまま、火事を見ていた。

「荷物、出せましたか」

訊《き》かれて、ぼくは首を振った。

何ひとつ持ち出す暇《ひま》がなかった。誰ひとり連れて出られなかった。自分ひとりが逃げるしかなかった。

せめて名前だけでも呼んでやる暇があれば。

そうですか、と言って、男は苦《にが》い笑みを浮かべ、それから隣の女の人の背中を叩いた。彼女は、呆然《ぼうぜん》としたまま首を頷《うなず》かせていた。

「加川《かがわ》さん」

大声で呼ぶ声がした。ぼくたちが振り返ると、人混みをかき分けて管理人のおじさんが近づいてくるところだった。

おじさんはめずらしく、心配そうな表情を顔いっぱいに表していた。ずいぶんと、違う人のような印象をぼくは受けた。

「ああ、よかった。加川さん、無事でしたか。奥さんとお嬢ちゃんは……」

そう訊きかけて、おじさんは男の隣にいた女に目を留めた。

「よかった。皆さん無事で」

言って、ぼくのほうを見る。

「荒川《あらかわ》くんも。よかった」

ぼくは頷きながら、内心驚いていた。加川。加川……。それは七号室の？

ぼくは改めて側《そば》にいる男を見た。しみじみ見ると、微《かす》かに、ぼくの知っている加川夫婦の面影が残っているような気がした。

(でも)

違う。ぼくの知っている加川夫婦はもっと……。加川氏は、死神みたいに暗い人だった。この人はたしかに痩《や》せてはいるけど、親しみやすい人に見えた。

考えていると管理人のおじさんがぼくの肩を揺すった。

「荒川くん、ケガは？」

ありません、と答えながら、ぼくはおじさんはなぜ疑問に思わないのだろうか、と不思議に思っていた。

おじさんには、ぼくが呆《ほう》けているように見えたのだろう、ぼくの顔を覗《のぞ》き込んでもう一度、だいじょうぶかと訊いた。おじさんも、ずいぶんと人がよさそうに見えた。

「だいじょうぶです。……そうだ、おばさんは？　無事ですか」

ぼくが訊くと、おじさん、それから「加川」さんまでが首を傾《かし》げてぼくを見つめた。

「誰だって？」

「管理人のおばさん……」

おじさんも加川さんも、不思議そうに顔を見合わせた。

「管理人の……誰？」

ぼくはなんとも居心地《いごこち》が悪かった。

「おじさんの奥さん……」

言った言葉に、おじさんはひどく心配そうな顔をした。

「私の連れ合いなら、もう何年も前に死んだけど。荒川くん、だいじょうぶかい？」

がくん、と膝《ひざ》が力をなくした。

「……だって。管理人室に」

おばさんはいた。時にはビルの隙間で、草むしりをしていた。

（……死んだ？）

野崎《のざき》のおじさんは、ぼくの肩に手をかける。

「家内ならもう十年以上も前に死んでいるよ。管理人室に誰がいたって？」

そうして、ぼくは初めて知った。

あのおばさんは、そもそも野崎さんの奥さんなんかじゃなかったということ。通路で落書きをしていた男の子や六号室の住人のように、そもそも最初から存在しなかったのだということを。

2

灼《や》け爛れた建物の、九号室のベランダから大林《おおばやし》の死体が見つかった。大林の部屋のバスタブからは、女性のバラバラ死体が見つかった。

ぼくらは（グリーンホームの住人は）何度も警察に呼ばれた。特にぼくは、大林について何度も質問を受けた。

ぼくは語った。

何度も悪戯《いたずら》電話を受けたこと。火災の前日、『今から行くよ』と言われたが、実際には大林は来なかったこと（大林は何度も来たと言っていたが、ぼくには聞こえなかった）。火災の日、大林がぼくを部屋に誘って、そこで死体を見、そして襲われ、命からがら逃げ出したこと。

そこまで訊くと、質問をしていた刑事（らしい）は頷いた。

「なるほど、それで大林は観念して、部屋に火をつけたわけだ」

ぼくはさらに語った。自分の部屋に逃げ込むと、大林が追って来たこと。浴室に奴を閉じ込め、自分はベランダから飛び降りてかろうじて助かったこと。

「そうか。そして大林は逃げ遅れたんだな」

いえ、とぼくは言いかけた。

そうじゃありません。ひとりなら逃げられませんでした。和泉《いずみ》がいたんです。和泉がぼくを逃がしてくれました。

言葉にはできなかった。気が変だと思われるのが嫌だったわけじゃ、断じてない。ぼくは、和泉のことを誰にも話したくなかった。なぜだか、とても嫌だった。

それで黙って頷いた。

その後の事情は知らない。

例えば、殺された女の人がどういう人で、大林とはどういう関係だったのか、ぼくは知らないままだった。ぼくは新聞を見なかった。そこに書かれたことの半分も事実ではないと知っていたからだ。少なくとも、ぼくを助けてくれた人がいたことは書かれていないだろう。それが無視されるなら、もう全部が意味のないことに思えた。

グリーンホームの住人とは、補償問題の交渉の席で何度か会った。それがどんな不思議によるものかぼくは知らない。でも、野崎のおじさんはたいへん人のよさそうな人物で、加川さんは聡明で人当たりの良い人に見えた。

グリーンホームで会ったどの人も、そこには存在しないように見えた。全ての人は暗い影を脱ぎ捨て、別のよく似た人間に生まれ変わったように見えた。彼らが変わったわけではなく、何かの力で歪《ゆが》んでいたぼくの目が正常に戻ったせいなのだと想像がついた。

新しいアパートが見つかって、身の周りも落ち着いて、ちょっとひと息ついたころ、古い記憶を頼りに街を歩いてみた。

半日街を歩きまわって、ようやく見覚えのある家を捜し当てた。それは多少古くなり、しかも小さくなったように見えた。もちろん、ぼくが大きくなったのだけれど。

表札を確かめる。「金子《かねこ》」とあった。郵便受けにある名前を改める。間違いない。「金やん」の家だ。

誰かに訊けば、苦労せずに辿《たど》り着けたに違いない。しかしぼくは、なんとなくそれをする気になれなかった。

ぼくが呼び鈴を押すと、金子の母親が出てきた。

「金子くん、いますか」

そう問うと、彼女は二階に向かって声をかけた。二階から太い男の声で応答があって、すぐに重い足音がドタドタ階段を降りてきた。

金子はぼくを見て驚いた様子だった。

3

ぼくと金子は途切れ途切れに話をしながら、小学校の通学路だった道を歩いた。たいへんだったなぁ、と繰り返しながらも金子の口は重たく、ぼくといるのを嫌がっているのがよく分かった。

小さい頃よく遊んだ河川敷《かせんしき》で腰を降ろした。

あのころは原っぱしかなかったが、今では綺麗《きれい》な公園になっていた。ぼくと金子が腰掛けたベンチの前で、近所の子供が遊んでいた。

「金子、オサルを、覚えてるか？」

ぼくが切り出すと、子供を見ていた金子は怪訝《けげん》そうに振り返った。

「……オサル」

「和泉。いたろ。死んだやつ」

金子はとても苦い表情をする。ぼくは、金子は忘れてないんだ、と思った。本当に嫌そうにして、苦いものを呑《の》み下《くだ》すようにひと息ついて、そうして金子は頷いた。

「ああ……」

「グリーンホームって、和泉の家のあった場所に建ってたんだな」

金子は頷いた。頷いてから、ふっと息を吐いた。

「……おれ、和泉の話をしたの、初めてだ」

そう言った。

「うん。おれも」

金子はぼくの顔をまじまじと見る。

「ひょっとして、和泉の話をしに来たのか？」

「そう……かな。おれ、なんとなく和泉の弔《とむら》い、してない気がするんだよ」

葬式にはクラス全員で行ったんだけど。

「おれもだ……」

呟《つぶや》いて、金子は頭をクシャクシャかき混ぜた。

「おれ、言えなかったんだよな。誰にも。和泉が死んだ日、一緒にいたこと。なんか怖《こわ》くてさ、ずっと言えなかった」

ぼくだって、小学校の頃のクラスメイトが死んだなんて話、誰にもしなかった。

「あの日いた他の連中とは、なんとなく気まずくて疎遠になってさ、知らない奴《やつ》らには話せなくて、ずっと黙ってた」

「うん」

「あのアパート、何もなかったか？」

ぼくはちょっと虚を衝《つ》かれて、絶句する。金子はぼくにお構いなしに続けた。

「なかったんなら、いいんだけどさ。あそこ、出るって噂《うわさ》だったんだ。あのアパートも、その前のアパートも、有名だったんだ。男の子の幽霊が出るって。そういう噂、聞くと、どんどん言えなくなるんだよ」

言って、クシャクシャ髪をかき混ぜる。

「あそこにある建物、次々に悪いことがあってさ、その度に話題になるだろ。でも不吉な場所だとか、子供の幽霊だとか聞くと、和泉は浮かばれてねぇんじゃないかと思ってさ、なんだか怖くて、言えなくなるんだよな」

「怖いって……和泉が？」

「そうじゃない。何が怖いのか、自分でも分からないんだけどさ。とにかく怖いんだ」

ぼくは黙って金子を見ていた。

「自分、なのかな。よく分かんねえや。和泉じゃない。和泉は怖くない。和泉はおれを恨《うら》んでるのかもしれないと思うぜ。祟《たた》られたりして、と思ったこともある。けど、なんか……」

ぼくは言った。

「和泉は他人に祟ったりしない」

金子が顔を上げた。ぼくを見る。

「荒川も、そう……思うか？」

「……ああ」

「和泉って、さんざんいじめられてたけどさ、誰かに仕返しとかしたこと、なかったろ。恨みがましい目付きで見たこともなかった。……そんな気がするんだ」

（……仕返ししたら、いいことあるの？）

「おれも……そう思う」

金子は肩の荷が降りたように、深く息をついた。

「おれたちが和泉を死なせたんだ……」

「うん」

「おれは、それを認めるのが怖かったんだと思う」

「……そうだな……」

ぼくは忘れたかった。怖くて怖くて、忘れずにいられなかった。だから、忘れた。

ぼくは言った。

「おれ……、和泉に会ったよ」

「……いつ？」

金子が身を乗り出した。

今なら、言ってもいい気がした。信じてもらえても、もらえなくても。

「こないだ。グリーンホームで」

金子は目を丸くする。

「あいつ……どんなだった？」

「おれ……分からなかったんだ。和泉だって。忘れたかった。だから……名前聞いても、思いだせなかった……」

そうしてぼくは、長い話をした。ぼくは、これを誰かに聞いてもらいたかった。和泉を知っている誰かに、和泉の話をしたかった。

4

「助けてくれたんだ。飛行機取り返してやったの、覚えてて……」

ぼくは話をそう締めくくった。

金子はじっとぼくの話を聞いていた。金子は疑っている様子ではなかった。かといって、怯《おび》える様子もなかった。

ぼくは安心した。ぼくの正気を疑われるのは構わない。でも、和泉の存在を疑われること、和泉の存在を怖いもののように思われるのだけは我慢がならなかった。

ぼくは金子の言葉を待った。けれど金子は何も言わなかった。

それでぼくは、言ってしまった。

「どうしてなんだよ」

あふれて、あふれて、止まらなかった。

「あいつ、死んだの、ぼくのせいじゃないか」

(違うでしょ。浩志《ひろし》は関係ないよ)

「ぼくたちが置き去りにして、それでだろ」

（人にはね、寿命というものがあるんだ）

「あいつ、まだいるんだ、あの場所に。怖い奴ばっかりだって言ってた。ぼくも一緒にいればいいのにって。だったらぼくも連れて行けばよかったんだ。ぼくが取り殺されるの、黙って見てて、死んだら一緒に遊べばよかったじゃないか……！」

金子はぼくをじっと見ている。

「たった、あんだけのことだろ⁉」

自分の声はとても虚《うつ》ろで、ひどく寂《さび》しかった。一緒に行ってやりたかった。でも、絶対にそうはできなかった自分を知ってる。

金子は膝の上に頬杖《ほおづえ》を突いた。

「……そうか。荒川は知らないんだ」

「何を」

「和泉をな、殺した犯人、捕まったんだ。お前が転校してしばらくしてから」

「……本当に？　犯人、どんな奴？」

金子は視線を川に向けた。ポツンと投げ出すみたいに言った。

「和泉の……父ちゃんと母ちゃん」

耳鳴りがした。

「なん……だって？」

金子は溜《た》め息《いき》と一緒に言葉を落とした。

「和泉さあ、いっつも痣《あざ》だらけにしてたろ」

「……ああ」

「あれさ、父ちゃんと母ちゃんがやったんだって」

「なんで」

「知らね。……よくテレビでやってるだろ、公共広告機構、とかさ。児童虐待《ぎゃくたい》──ってやつ」

心の隅《すみ》にひっかかってた疑問。和泉はどうして、あの場所に捕らわれていたんだろう。神社で殺されたはずだった。それなのに、なぜ、と思ってた。

（名前を呼んでもらったことはないなあ）

（こら、とかね、そういうふうに呼ぶんだ）

（お父さんもお母さんも、ぼくのことが嫌いだから）

（ぼくは気持ち悪いんだって）

金子は俯《うつむ》いたままだった。本当に気持ちを零《こぼ》すようにそっと言った。

「ヒロシにしちゃ、たったそれだけ、ってことでもさ、和泉は本当にうれしかったんだと思う……」

どんな事情があったのかは分からない。

それがあの場所と関係あるのかどうかも。

和泉の両親は和泉を嫌いぬいた。

あの日――あの日。ぼくらに置いてけぼりをくって家に帰った和泉は、帰って間もなく父親にひどい折檻《せっかん》をくらった。和泉は小学校の三年生で、けれども家の中に義務づけられている仕事をたくさん持っていた。家事の手伝い、さまざまな雑用。にもかかわらず、和泉はその日、夕飯の支度《したく》を手伝うのに間に合わず、しかも泥だらけになって帰って来た。それでこっぴどく叱《しか》られ、山のように用を言いつけられたのだけれども、和泉はそれをきちんとこなせなかった。

足を引きずるふりなんかしてサボろうとしていたので、性根を入れ替えてやろうと思ったのだ、と和泉の父親は言ったらしい。けれども和泉は――金子は言った――たぶん、本当にケガをしていたのだ。ぼくらに突き飛ばされたせいで。

父親はいつものように和泉を殴《なぐ》り、母親はいつものようにそれを笑って眺めていた。

いつものようでなかったのは、和泉が死んでしまったことだった。

父親はいつものように和泉を殴る蹴《け》るした。首を摑《つか》んで揺さぶり、「性根を入れ替えてやって」、そして父親が手を放したとき、和泉はすでに死んでいた。

少なくとも、父親はそう警察で告白した。

二人は驚き、慌て、それから夜中に和泉の死体を神社まで捨てに行った。疑われることを恐れて、誘拐《ゆうかい》された、と警察に届けた。

それが、あの日に起こったことの全てだった。

5

和泉は学校でひとりだった。

そして家でもひとりだった。

和泉の味方はどこにもいなかった。

みんなが寄ってたかって、和泉を殺した。

(寂しい。家に帰りたい。帰る場所がない。待っててくれる人がいない)

それは和泉のことじゃないか。

（そういう人間は死ぬと、ここを離れられなくなる）

いつか後藤《ごとう》が言ってた怪談話。子供の悲鳴。逃げ回る男の子。

——それが和泉だ。

（ここは怖い人ばかりだから）

今も、あの場所にいるんだろうか。

（寂しくて辛《つら》くて）

寂しいままで、辛いままで。

（霊というのは、とても嘘《うそ》つきなの）

本当に嘘つきだ。あんな姿で現れて。大人のふりなんかして、中身はぜんぜん子供だったくせに。逝《い》ったときのまま、本当に子供だったじゃないか。

金子は空を見上げた。

浅葱《あさぎ》色《いろ》の空に、白く絵の具をはいたように絹雲が延びていた。

「……おれ、一回、和泉と一緒に飛行機飛ばしてみたかったたな……」

ぼくもつられて空を仰《あお》ぐ。

金子は微かに笑いを浮かべて空を見上げたまま言った。

「あいつの飛行機、すごかったろ。じつはおれ、あの飛行機、飛ばしてみたかったんだ」

ぼくは頷く。

「ぼくもだ。言ってみればよかったな。絶対、貸してくれたのに」

「そうだよな」

和泉なら貸してくれた。言えばよかった。そしたら、ぼくらの人生はきっと全部変わっていたのに。

ぼくらはふたりでポカンと空を見上げた。

せつなくなるほど高い空だった。

金子が深く息を吐いた。

「おれ……和泉に会いたい……」

拳《こぶし》を握《にぎ》った。

「……会って言いたいことがいっぱいある……」

空を見上げたまま泣いた。

ぼくも、一緒になって空を見上げていた。

それからひと月ほどして、焼け落ちたグリーンホームは取り壊された。

後には新しい建物が建った。

白いきれいなマンションはしかし、半年を過ぎた頃には人の気配が絶え、一年を待たずに廃屋《はいおく》になった。

そうしてそこは、ぼくが大学に進んで街を離れるまでずっと、住む者もないまま放置されていた。


——その後の消息を、ぼくは知らない。

解説

杉《すぎ》江《え》松《まつ》恋《こい》（ミステリー評論家・書評家）

すべての事象には光と影の両面がある。

人の心にもそれはある。手と手を取ってつながっていたいという友愛の情を持つ人が、その胸の裡《うち》にねじくれた憎悪を抱き、嫉妬の焰《ほのお》を燃やしていることはごく普通だ。光と影のどちらも、その人の偽らざる真意だ。

小野不由美『緑の我が家　Home, Green Home』は世界のそうした両面性を描いた長篇である。揺れる心を抱えた主人公は、注意深く周囲を観察する。隅々までを見ようとするその視線が、一つの真理を暴き出すことになるのである。残酷で美しい世界のありようを。

〈ぼく〉こと高校一年生の荒川浩志は、一人暮らしをするために〈ハイツ・グリーンホーム〉へ引っ越してくる。父親が転勤を繰り返したため、一つところに長く住んだことのない浩志だったが、その町には一年ほどいたことがあった。ハイツ・グリーンホームで与えられた部屋は三階の九号室、ベランダからは小高い丘が見えて眺めは良かった。しかし、その丘の斜面に神社の鳥居があるのを見つけた途端、浩志は不快な感情を覚えてしまう。理由はわからないが、その神社は彼にとって足を踏み入れたくない禁忌の場所なのだった。

六号室に住む和泉聡という同年代の少年が馴れ馴れしく話しかけてきた。彼は初対面の浩志に「出て行ったほうがいい」と忠告してくるのである。和泉だけではなくハイツの住人には不可解な点が多く、浩志は幾度も不愉快な思いをする。建物の周囲には地面に奇妙な落書きをする子供が出没する。九号室に引いた電話には何者かが電話をかけてくる。初めは無言だったが、そのうちに不気味な一言を呟くようになるのだ。とても快適とは言えない住環境、だが浩志はそこに住むしかない。帰ることのできる家は他にもうないからだ。

本書は小野不由美が作家活動の初期に発表した、ホラー・ミステリーの秀作であり、何度も版元を改めて刊行されている。『グリーンホームの亡霊たち』の題名で朝日ソノラマ・パンプキン文庫の一冊として一九九〇年十一月に刊行されたのが最初だ。その後『緑の我が家 Home, Green Home』と改題の上九七年六月に講談社X文庫ホワイトハートから復刊、同文庫からは二〇一五年八月に新装版が刊行された。今回が最新の文庫化である。小野のデビュー作は一九八八年の『バースデイ・イブは眠れない』（講談社X文庫ティーンズハート）であり、その翌年には『悪霊がいっぱい!?』（講談社X文庫ティーンズハート）で初期の代表作である〈ゴーストハント〉シリーズを開幕させている（一九八九〜九二年。現在は全七巻で角川文庫から刊行）。九一年には、後に〈十二国記〉の前日譚として連作に編入されることになる長篇『魔性の子』（新潮文庫）を発表しているので、一九九〇年は二つのシリーズが並行して書かれる直前ということになる。気力が充溢《じゅういつ》していた時期に書かれた単発作品なのだ。

浩志が実家に戻れないのは、母の死後に父親が再婚し、そのことが許せないからである。アパートで自活を始めて一人前を気取っているのも、二人に背を向けた自分を正当化するためだ。しかし第六章で心情を吐露するように「住むところひとつ自分で確保できないで、何が大人だろう。仕送りしてもらって生活していて、それで大人と呼べるはずがない」という弱さは自覚している。だからこそ「切実に大人になりたい」と願っているのである。

まだ何者でもなく弱い。そのことを正直に認められるほど強くない。しかし自分の中にある思いは貫きたい。許せないものは許せない。思いを通した結果、どうにもならなくなっていく事態の前でただ怯えているしかなく、精神の未熟さを露呈してしまう。そうした主人公の、高校一年生なりの等身大の姿を誠実に描いたことが世代を超えて本作が読まれ続けている理由の一つだろう。物語の中で浩志が脅かされるのは彼がまだ知らない世界の残酷な一面である。同時に、彼を救ってくれるのも世界の意外な優しさなのだ。突然投げ込まれた苛酷な状況を経て、少年は世界を知り、成長していく。

分類するならばホラーとミステリー、いずれのジャンルと呼ぶこともできる作品だ。これから読む方の興を削がないよう曖昧に書くが、ホラーとしての第一の美点は繰り返される前兆にある。特に不気味なのは前述の、路面に奇怪な落書きをする子供だろう。彼の握るチョークによって生み出されるものは無残極まりない死体絵図なのである。「様々な形で血を流す人間たちが、折り重なるようにして描かれ」「線同士が重なって床を黄色く染めるほど。空白というものは、ほとんど存在しなかった」。この絵を見たグリーンハイツの住人たちはなぜか、我を忘れるほどに逆上するのである。このほか無言電話などもあってどんどん追い詰められていくのに、逃げ場のない浩志はグリーンハイツが〈我が家〉なのだからと自分に言い聞かせてしがみつくしかない。

この切迫した心情が描かれることが第二の美点。

第三は、記憶構造の複雑さを利用していることである。浩志がかつてこの町に住んでいたことがある、という過去が物語の肝になっている。第三章でその頃の友人である金子と再会した浩志は、自分たちがかつて〈ヘンキョウ〉と呼ばれる場所で遊んでいたことを思いだす。何かがそこで起きたらしいのだ。人間の記憶は完璧ではなく、しばしば欠落したり、一部が捏造されたりして原型をとどめないものになる。その歪さが浩志の恐怖を増幅させるのだ。

そして、記憶が不完全であることは、ミステリーとしての興趣につながっていく。ここが『緑の我が家』最大の読みどころだ。浩志が自分に迫る危難から逃れるためには、まず何が起きているのかを見極めなければならない。それが困難なのである。あまりにも歪んでいて、何が起きているかさえも彼には理解できない。それゆえに電話の鳴る音さえも恐怖の対象となる。どうやら自分の過去に謎を解く鍵があるようだとわかってからも、記憶が不完全であるために手がかりを探すことさえ困難なのである。

わずかな根拠からなんとか推理を働かせる浩志だが、彼が導き出した答えが正しいとは限らない。安全なゲームとは違って、誤ればすなわち死が待ち受ける事態なのだ。世界が揺れて見えること、記憶が曖昧にしか再現できないことを利用して、作者はミスリードを仕掛けてくる。真相にたどり着くまで、浩志と、そして読者は幾度も驚きを味わうことだろう。

孤立無援の世界に取り残された少年の恐怖を描く物語だが、先ほども述べたように世界の意外な優しさが彼を救ってくれることにもなる。浩志を追い詰めるものは自分の、悪意なき過去の振る舞いなのだが、同時に彼を救ってくれるのも自身が何気なく行ったことなのだ。そうした因果の描かれ方にミステリーとしては最大の工夫がある。

一九九〇年に書かれたということを考慮しても、驚くほど風化したところのない作品だと思う。まだ携帯電話もネット環境も一般的ではない時代だから、浩志が受ける無言電話も有線なのだ。そうした時代感はあり、電話機のモジュラー・ジャックを抜く、という描写にはピンとこない読者も、作品の根底に描かれる人間関係や、真相が判明した際に浮かび上がってくる哀しみなどには敏感に反応するはずである。作品が普遍的な問題を扱っているためだが、発表時よりも現在のほうが、そうした題材は深刻に受け止められる素地があるとも言える。いつの時代においても、誰かの心を反応させるものを持っている作品なのだ。

〈我が家〉はいつも懐かしい場所ではなく、最も恐れるべき対象となることもある。そうした世界の両義性を示されて頷かずにはいられない人に本作をまずお薦めしたい。世界は厳しく辛い。しかし優しく温かくもある。世界を諦めたくない人に。

本書は、一九九〇年十一月に朝日ソノラマより刊行されたパンプキン文庫『グリーンホームの亡霊たち』を改題し、加筆修正した講談社X文庫ホワイトハート版『新装版　緑の我が家 Home, Green Home』（二〇一五年八月）を加筆修正したものです。

緑《みどり》の我《わ》が家《や》

Home《ホーム》, Green《グリーン》 Home《ホーム》

小《お》野《の》不《ふ》由《ゆ》美《み》

令和4年 10月25日　初版発行
令和6年 12月5日　11版発行

発行者●山下直久

発行●株式会社KADOKAWA
〒102-8177　東京都千代田区富士見2-13-3
電話　0570-002-301（ナビダイヤル）

角川文庫 23373

印刷所●株式会社KADOKAWA
製本所●株式会社KADOKAWA

表紙画●和田三造

●お問い合わせ
https://www.kadokawa.co.jp/（「お問い合わせ」へお進みください）
※内容によっては、お答えできない場合があります。
※サポートは日本国内のみとさせていただきます。
※Japanese text only

ISBN 978-4-04-112750-6　C0193

◆◇◇

角川文庫発刊に際して

角川源義

第二次世界大戦の敗北は、軍事力の敗北であった以上に、私たちの若い文化力の敗退であった。私たちの文化が戦争に対して如何に無力であり、単なるあだ花に過ぎなかったかを、私たちは身を以て体験し痛感した。西洋近代文化の摂取にとって、明治以後八十年の歳月は決して短かすぎたとは言えない。にもかかわらず、近代文化の伝統を確立し、自由な批判と柔軟な良識に富む文化層として自らを形成することに私たちは失敗して来た。そしてこれは、各層への文化の普及滲透を任務とする出版人の責任でもあった。

一九四五年以来、私たちは再び振出しに戻り、第一歩から踏み出すことを余儀なくされた。これは大きな不幸ではあるが、反面、これまでの混沌・未熟・歪曲の中にあった我が国の文化に秩序と確たる基礎を齎らすためには絶好の機会でもある。角川書店は、このような祖国の文化的危機にあたり、微力をも顧みず再建の礎石たるべき抱負と決意とをもって出発したが、ここに創立以来の念願を果すべく角川文庫を発刊する。これまで刊行されたあらゆる全集叢書文庫類の長所と短所とを検討し、古今東西の不朽の典籍を、良心的編集のもとに、廉価に、そして書架にふさわしい美本として、多くのひとびとに提供しようとする。しかし私たちは徒らに百科全書的な知識のジレッタントを作ることを目的とせず、あくまで祖国の文化に秩序と再建への道を示し、この文庫を角川書店の栄ある事業として、今後永久に継続発展せしめ、学芸と教養との殿堂として大成せんことを期したい。多くの読書子の愛情ある忠言と支持とによって、この希望と抱負とを完遂せしめられんことを願う。

一九四九年五月三日